U0019774

# Love, Love, 雲的家

黃顯庭◎著
潔　子◎圖

# 名家推薦

**蕭蕭**（文學評論家）：

詩意而浪漫的題目，一部美好的生活抒情小品。

故事主題單一，一線發展，只有內在的波折，沒有外來的挫折，竟然也可以形成一部耐看的小說，本書首尾呼應極佳，從「我的家庭」的自由創作開始，輕輕觸及家是什麼，兼而暗示白雲在本書中可能具有的涵義。人物關係簡單，情節發展清順，一路小橋流水，沒有風浪掀天，最後以實際的雲與小雲（狗），讓我們看見理想的家與雲的真正呼應何在，不免也要一起從內心深處喊出：讓我們看雲去！

**馮季眉**（國語日報社長）：

男孩一平是個「宅童」，放學回家就是打電動、看電視，沒有父母陪伴，內心寂寞又得不到關注。他以出走的方式，換來父母的關懷與反省。平實的故事，反映了家庭失能造成兒童幸福感低落的社會現象。

# 目錄

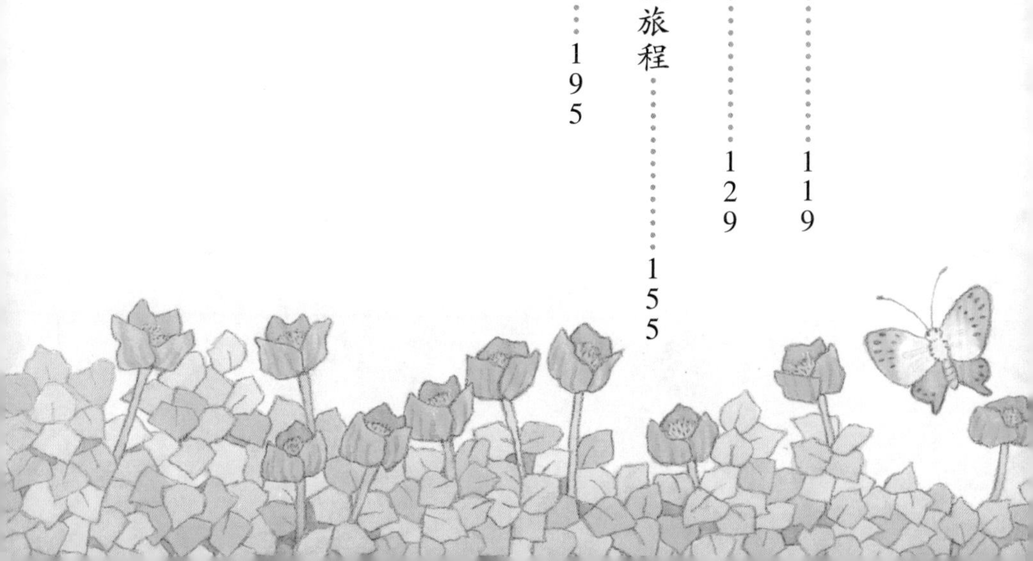

# 1

# 一平和他的夢想家園

「我的家庭，好了，同學們，這就是今天美術課的題目。」美麗的王老師在黑板寫上『我的家庭』四個字，然後轉身對小朋友說。

「我的家庭，好難畫喔！」

「對啊！我家那麼小，那麼亂！」

同學們你一言我一語的抗議著。

「家不是大就好看，小小的家，只要用心去經營，還是很可愛的啊！不是嗎？」王老師笑著說。

「對啊！像我家就很小，我爸爸說，我們家是麻雀雖小，五臟俱全。」

「可是小小的麻雀還是比不上大大的孔雀美麗啊！像孫小英家就很大，又漂亮。」

「哇！那打掃起來一定很累人喔，是不是？小英？」

「還好啦！又不是我在打掃，是阿珍在負責打掃的。」小英聳聳肩，一派自然地說。

「誰是阿珍？」

「小英家的傭人啊！每次去小英家都看到阿珍在打掃，不是拿吸塵器就是雞毛撢子，好像永遠都在打掃。可憐的阿珍，要打掃那麼大的房子。」

「我家也是啊！雖然我家很小，可是我媽媽也是一樣每天都在打掃！好像永遠也掃不完。」

「那你有沒有幫你媽媽打掃？」

「沒有，我只負責我的房間。」

「難怪你媽掃不完，我都有幫忙打掃喔！」

「才怪！」

眼看同學們越說越起勁，王老師只好拉高分貝說話：「各位同學，別忘了，不管家是大還是小，家裡面都有什麼啊？」

「家具。」

「還有呢？」

「桌子。」

「桌子就是家具。還有會動的啊！」

「小狗。」黃一平高高地舉手說。

「小狗也對啦，不過老師要說的是家人，別忘了，家裡面最重要的是相親相愛的家人啊！像爸爸還有媽媽啊！」

「還要人喔？我最不會畫人了。」一平苦著臉說。

「老師！可不可以畫老師，因為老師比我媽媽漂亮多了，畫老師好了。」

「可是老師又不住在你家裡。」王老師笑著說。

「有啊！老師去家庭訪問的時候就在我家裡啊！」

「那我也要畫老師。」

「哼！學人精！」

王老師有些招架不住了，連忙假裝生氣地說：「好啦！趕快拿起畫筆開始畫啦！畫畫是用手畫，不是用嘴巴畫。」

「可是老師，」黃一平又舉手了：「上次我在電視上看到有人就是用嘴巴咬畫筆畫畫喔！」

「那是口足畫家，你們應該要效法他們奮鬥的精神啊！」

「那我也要用嘴巴畫。」

「不行，再說話老師要生氣了。」

這下子教室終於安靜下來了。

過了一會兒，有一個快要哭出來的聲音，說：「老師，可是我家真的很亂，我不會畫。」

「一定是你沒有幫媽媽整理家裡才會那麼亂。」

「才不是，我都有幫忙打掃，不過都被弟弟和妹妹弄亂了。」

王老師眼看同學們爭執不休，於是說：「好吧！既然有人覺得自己的家太亂不喜歡，那你們可以畫出你心目中的家啊！你可以畫一個乾淨整齊的家，一個理想幸福的家。」

「理想幸福的家？」

「沒錯，畫出心中理想幸福的家，不過別忘了要努力讓這個希望實現啊！好啦！大家趕快畫吧！」

終於小朋友們乖乖拿起畫筆認真地畫了。

「心中的家？」黃一平自言自語，然後看著窗外，窗外有藍藍的天空，空中有幾朵白雲輕輕的飄過。

家？黃一平拿起畫筆，開始在圖畫紙上畫著。

王老師在走道上走著，滿意地看著小朋友畫圖。

「王志強，你為什麼不畫呢？」老師說。

「我畫好了啊！」

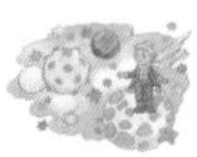

「畫好了？老師看——怎麼只有窗戶和門呢？都沒有人？你的家人呢？」

「因為現在爸爸在上班，媽媽去菜市場買菜，我和弟弟妹妹在學校上課，所以家裡沒有人啊！」

「那你可以畫爸爸下班，媽媽在做菜，弟弟妹妹和你在做功課啊！」

「老師，那是不可能發生的啦！因為我家都是媽媽做菜的時候，我和弟弟妹妹在看電視，而我爸爸幾乎都是等到我睡覺了才回來的。」

「那你喜歡這樣子嗎？」

「不喜歡。」

「所以你就可以畫出剛剛老師說的理想家庭，然後拿給爸爸和媽媽看啊！」

「對喔！搞不好我爸爸以後會回家陪我們吃晚餐。」志強認真地畫了起來。

王老師滿意地點點頭，繼續巡視著。

這時候，坐在一平旁邊的小英探過頭來看著，問：「黃一平，你在畫什麼？」

「我的家啊！」

「你的家？你明明畫的是白雲，你是小鳥啊？」

「老師剛剛說可以畫出心目中的家，我心目中的家就是雲啊！我希望我可以住在雲上，跟著雲自由自在的飄來飄去。」

「那你的家人呢？怎麼都沒看見？」

「因為他們都在玩捉迷藏，都躲在雲裡啊！」

「你這是腦筋急轉彎嗎？」

一平沒有再理會小英，繼續認真地畫著，他在雲上畫了一隻奔跑

的小狗。

「為什麼要畫小狗？」小英問。

「因為我理想幸福的家庭就是要有小狗啊！」

「是嗎？」小英不以為然的說：「你要是看過我家的狗就不會這麼說了，牠們真是災難製造者。」

「不會的，小狗會帶來幸福的。」一平說。

放學了，導護老師和愛心家長在校門口維持交通秩序，小朋友們魚貫穿越馬路。

「阿明！爺爺在這裡。」

「小靜！媽媽在這裡，快來！」

「媽媽！」

「爸爸！」

在校門口旁的家長等候區到處都是等著孩子放學的家長，親情的呼喚此起彼落。

一平看都不看一眼就走了，因為他知道他的爸爸和媽媽不會來接他，他早就習慣一個人走路回家了。「哼！反正家又不遠，自己走就好了，我不需要爸爸和媽媽來接我。」一平一邊走著心裡一邊嘀咕著。雖然如此，一平在轉角的地方總會回頭看看那些焦急等待的爸爸和媽媽們，一平多希望能看見熟悉的身影，可是每次他都失望了。

今天一平一回頭，卻被躲在他身後的小英嚇了一大跳。

「孫小英！妳鬼鬼祟祟躲在我後面幹什麼？嚇死人了。」

「噓！小聲一點啦！」小英緊張兮兮小聲地說：「黃一平，你看對面，是不是有一輛大黑頭車子還有一個女生？」

一平看過去，果然，對街停了一輛黑頭轎車，旁邊站著司機和女管家，正在等著接小英。

「對啊！好像是來接妳的喔！」

「對！那是我家的管家阿卿嫂，她是要帶我去補習的。快！Cover me，快走。」小英緊緊貼在一平身後。

「可是——」

「快走啦！」

「喔！」

小英藏在一平後面偷偷溜走。

「可是這樣他們找不到妳不是會很擔心嗎？」一平問。

「管他的！反正今天我心情不好，不想去補英文。」

「喔！」

「你呢？」

「我怎樣？」

「你要補什麼？」

「我沒有補什麼。」

小英一聽大吃一驚：「你沒有補習？真的？那你真是稀有動物。」

「要補什麼？」

「英文啊！這是必要的吧！還有數學、作文、長笛、鋼琴、芭蕾。喔！男生學芭蕾的比較少，不過你可以去學打鼓啊！還滿好玩的。」

「我都沒有。」

「好羨慕你喔！」

「我才羨慕妳呢！」

「你去補了就知道，累死了。」

「真的？」

「Trust me.」

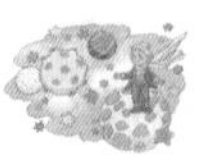

「妳說什麼？」

「相信我。」

「相信妳什麼？」

「補習真的很累。」

「喔！」

「那現在我們要去哪裡玩？」

「玩？」

「對啊！平常下了課你又沒有補習，那你都去哪裡玩？」

「回家啊！」

「你家有什麼好玩？」

「沒什麼好玩，就我一個人。」

「一個人啊？」

「嗯！」

「那你一個人都在幹什麼？」
「玩貓狗大戰。」
「貓狗大戰？就貓和狗互丟炸彈那個？」
「對啊！」
「好無聊，幼稚。」
「不會啊！很好玩。我都當狗喔！」
兩人在街上走著。
「啊！對了！」一平突然想到什麼，說：「我帶妳去看狗，前面有一家寵物店，有很多可愛的小狗。尤其是最近有一隻白色貴賓狗生了四隻白色的小狗，好可愛喔！」
「狗？我家也有狗啊！狗有什麼好看？」
「不一樣啦！那裡都是很小很可愛的小狗喔！我幾乎每天都會去看。而且牠們也都認識我，看到我會很高興的搖尾巴。」

「哇！聽起來好像我最近看的Little prince的故事。」

「妳說什麼？我聽不懂。」

「小王子！你沒看過嗎？小王子超好看的，而且是一本很有思想的書。」

「有什麼思想？」

「故事是說在很遠很遠的地方有一個小小的星球，在那上面有一個小王子，有一天小王子決定到各個星球去旅行，一路上他遇到一些好奇怪的人喔，後來小王子遇到一隻美麗的狐狸，他們成了好朋友。」

一平和小英在路邊走著，小英一邊走一邊跟一平講小王子的故事。

「後來，小王子要繼續到別的星球去旅行了，他跟小狐狸道別。小狐狸很難過，牠就對小王子說，你要走了，我好難過喔！以後每當

我看見那金黃色的麥田，我就會想到你。」

「為什麼小狐狸看到金黃色的麥田就會想到小王子？」

「因為小王子的頭髮是金黃色的。」

「喔！」

「這叫移情作用。」

「喔！」

「有句成語叫愛屋及烏，就是這個意思，不過英文是說Love me, love my dog. 愛我就要愛我的狗。」

「喔！愛我就要愛我的狗。」

「所以，從此以後小狐狸就愛上了那金黃色的麥田了。」

「那我以後如果看到白雲還是白色的棉花糖，就會想到我的小狗囉！」

「一定會的，Love me, love my dog.」

「前面就是寵物店了，妳要是看到那些小狗一定也會愛上牠們的。」

「嘰！」一陣刺耳的剎車聲傳來，一平轉頭看，一輛高級黑頭車停在他們旁邊。

「啊！慘了，他們追來了。」小英洩氣地說：「我的流浪記就這樣結束了。」

「小英小姐！」阿卿嫂急急忙忙下車，一邊尖叫著跑來：「小英小姐，妳怎麼到處亂跑，害我都找不到。」

「我哪有亂跑，我是在散步。」

「妳看看，妳的英文補習要遲到了，快上車啊！」

小英心不甘情不願地被阿卿嫂拉上車，她搖下車窗：「黃一平，幫我跟小狗問好啊！」

一平點點頭。車子開走了，小英探出頭大喊：「記得喔！Love

me, love my dog.」

一平走到一家寵物店，整個臉貼在玻璃櫥窗前看著。

玻璃櫥窗內有一隻母貴賓狗和四隻活潑的小狗，小狗互相追逐嬉戲，母狗在一旁憐愛地舔舐著牠們。

一平微笑看著。

# 2

# 一平和他的姊姊

拿出一大串鑰匙，開了門，一平進入客廳。

一平放下書包，走到水族箱前，倒了一些魚飼料，看著魚兒爭食，自言自語地說：「你們這些貪吃的魚，怎麼吃都不會胖啊？真是浪費飼料。不過你們應該教教姊姊怎麼樣才可以吃不胖，因為她現在怕胖，每天都在吃減肥餐，有時候還逼我吃，好噁心喔！真不知道為什麼女生那麼怕胖。其實胖胖的也很可愛啊！像你們這些笨金魚，還有小狗，都是胖胖的才可愛啊！對不對？」

一平看了一會，又倒一些飼料進去：「奇怪，姊姊怎麼還沒回來，小魚，你記得早上姊姊有說今天會晚一點回來嗎？沒有吧！真奇怪？還是她戀愛了？哈哈！姊姊去約會了。爸爸回來了一定要跟爸爸講，姊姊談戀愛。不過誰知道爸爸什麼時候回來。哎！小魚，有時候我真羨慕你，都不會想爸爸和媽媽。因為有一次我問姊姊說，姊！魚會不會想牠們的爸爸和媽媽？姊姊說，當然不會！我說為什麼？

姊姊說，因為牠們是魚。魚只會吃，一直吃一直吃，吃到肚子撐破為止。」

一平靜靜地看著魚兒吃東西，然後用手指輕輕敲著魚缸，說：「小魚，那我如果一直想爸爸和媽媽，這樣一直想一直想，腦袋會不會跟你的肚子一樣爆炸？」

魚兒只顧吃，嘴巴一張一闔的根本不理會一平。一平覺得無聊了，站起來拍拍肚子：「哎！肚子好餓，不管了啦！我要打電話叫披薩了。姊姊回來罵就罵吧！管他的。」然後一平拿起電話筒，打電話。

「喂！我要訂披薩，一九九元中型培根披薩還送炸雞的那種，記得要多加兩包起士粉喔！——對，就是靠近公園，華夏公寓五樓那家，好，謝謝。」

掛了電話，一平打開電視，打開電動玩具，開始玩起貓狗大戰。

「啊！大笨貓，看我的宇宙超級無敵炸彈。咻——哼！竟然被你逃過了，算你好運。」

螢幕上一隻黑貓和一隻黃狗正在互丟炸彈，黑貓丟顆炸彈正中黃狗頭上，黑貓發出竊笑聲。

「還笑？你這個可惡的壞貓，看我怎麼修理你！咻——碰！哈哈哈，知道我的厲害了吧！」

「叮咚！」門鈴響了。

「啊！披薩來了，先饒了你這大壞貓。」

一平站起來，走到抽屜拿了錢，開門。

「你好，這是你訂的披薩。」一個帥氣的披薩外送哥哥微笑說。

「謝謝！這是一九九元。」

「謝謝！小弟弟，又是你一個人在家啊？」披薩哥哥關心地問。

「對啊！爸爸和媽媽都還在工作，姊姊還沒放學。」

「那你一個人在家好勇敢喔！」

「都已經習慣了。」

「不過你也不能老是吃披薩啊！偶爾也要吃一點別的啊，這樣營養才會均衡。」

「喔！你怎麼說話跟我姊姊一模一樣啊！」

「本來就是，像你這樣幾乎每天都吃披薩是不行的喔！因為披薩都是澱粉，還有很多起士——」

「蔬菜太少，沒有纖維，大便會大不出來，對不對？」一平搶著把話說完了。

「沒錯啊！所以披薩不要吃太多。」

「披薩哥哥，哪有人像你這樣做生意的啊？賣披薩還叫人家不要吃太多？哈哈哈！」

「我說的是實話，而且你要是不叫披薩的話，我就不用這麼辛苦

還來給你送披薩，反正我又不是老闆。」

一平一聽心裡有些難過，說：「披薩哥哥，你真的不喜歡給我送披薩喔？」

「不會啦！跟你開玩笑的啦！只是，要是你是我弟弟的話，我絕對不會讓你每天吃披薩的。」

「那我一星期吃四次可以嗎？」

「兩次。」

「三次。」

「成交。」

「那我明天就不能看見你了。」一平有些失望地說。

「這是為了你的健康著想啊！」

「喔！」一平小聲地應了一聲。

「你在玩貓狗大戰啊？」

「對啊！」一平突然精神都來了，哀求送披薩的大哥哥留下來：

「披薩哥哥，你留下來陪我玩貓狗大戰好不好？」

「我很想陪你玩，不過我還要工作，還要去送披薩。」

「你陪我的話就可以遇到我姊姊，我可以介紹你們認識喔！」

「你這個小鬼想賄賂我啊？」

「哪有？只是我看你是個好人，一定會陪我玩的。」

「可是我現在是在上班啊！」

「那你下班以後呢？」

「我下班已經很晚了。」

「喔！」一平失望地說。

「好吧！那我陪你玩一局，不過你不可以跟我老闆說喔！」

「你放心，我絕對不會說的。」

「好！來吧！」一平興奮地拉著披薩哥哥進來。

GAME

「我要當狗，你當大笨貓！」一平愉快地說著。

「小魚，剛剛那個披薩哥哥好笨喔！都打不贏我。我跟你說喔！不是我在吹牛，玩貓狗大戰我是最厲害的，到目前為止沒有人贏我。不過其實到目前為止也只有披薩哥哥和姊姊跟我玩過。對了！下次我可以找小英來比賽，我一定可以贏她的，因為她說她每天時時刻刻都一直在補習，補英文、補作文、補跳芭蕾、補鋼琴，還有——補什麼？我忘了，反正好多喔！不過就是沒有補貓狗大戰，所以我跟她玩一定會贏她的。不過這樣聽起來好像勝之不武，對不對？那要怎麼辦呢？又不能故意輸她，因為這樣很沒有運動家精神耶！喂！小魚，你不要光在那裡張嘴想吃東西啦！幫我想想辦法，怎麼樣才能贏孫小英，又不會勝之不武呢？」

一平盯著小魚一會兒，好像魚兒真的會幫他想一樣。等了大概十

秒鐘，一平不耐煩了：「啊！管他的！我贏了是我的實力啊，跟她是不是女生無關，對不對？再說孫小英她每天都要補習，那就順便讓小英來我們家補貓狗大戰啊！對不對？等到小英戰鬥指數提升了，就可以正式跟她挑戰了。對！就這麼決定，明天就去跟小英說，叫她來我們家補貓狗大戰。」說著，一平覺得自己很厲害，解決了一個難題，高興地在屋子裡繞著圈圈。

不知繞了幾圈，頭都昏了，一平躺在魚缸旁邊，仰頭看著小魚，說：「唉！如果那個送披薩的大哥哥真的是我的哥哥那該有多好。要不然，當爸爸也可以啊！不過他當爸爸好像太年輕了喔。啊！我聽到姊姊的腳步聲了，不可以再跟你聊天了，要不然姊姊又要說我是怪胎了，小魚，再見。」跟小魚說再見後，一平連忙跑到沙發上坐好。

過了五秒，姊姊淑芬開門進來。

「什麼？你讓陌生人進屋子來？還玩貓狗大戰？」淑芬聽了一平

的話後大叫起來。

「他又不是陌生人。」一平嘟著嘴說。

「不是？那你知道他的名字嗎？」

「他叫披薩哥哥。」

「他姓披名薩嗎？」

一平聽了哈哈大笑：「哈哈哈！當然不是啦！怎麼會有人叫披薩嘛！」

「我當然知道不是，因為你根本不知道他叫什麼名字。」

「可是我都叫他披薩哥哥啊！」

「管他叫披薩哥哥還是可樂哥哥，反正以後不准他進屋子來。」

「妳怎麼對他那麼兇，人家還想認識妳咧。」

「認識我？不用了。」

「可是他人真的很好，如果他做我的姊夫的話，那以後我吃披薩

就不用錢了。」

「姊夫？黃一平，你完蛋了。」淑芬一聽氣得追著一平跑。

「哈哈哈！姊，妳氣起來跟那隻大笨貓好像喔！哈哈！」

「哼！頑皮鬼，不理你了，哪一天你被壞人綁架了，你就知道了。」說完後淑芬氣呼呼往廚房走去。

「姊，不要生氣啦！陪我玩貓狗大戰好不好？」

「我沒空，我要準備晚餐了。」

「姊，妳不用弄晚餐啦！披薩還剩很多喔！」

「我才不要吃披薩，披薩都是澱粉，還有很多起士，油脂一大堆，蔬菜太少，沒有纖維。」

廚房裡，淑芬一邊嘀嘀咕咕地念著，一邊從冰箱拿出一堆水果，切一切，丟進果汁機裡。然後打開櫃子，拿出幾個瓶子，裡面裝了芝麻粉和山藥粉還有五穀雜糧，淑芬挖了幾匙倒進果汁機裡，然後開

機。果汁機裡的水果和穀物攪成灰灰褐褐的一團。淑芬倒了兩杯。

「來，喝下去。」淑芬把一杯灰褐色的精力湯放在一平面前。

「姊，妳的好意我心領了。」

「喝下去，補充一下纖維質，要不然大便大不出來活該。」

一平看看姊姊的臉，好像不是在跟他開玩笑，只好憋著氣，皺著眉頭把那杯精力湯喝掉。

「姊，妳為什麼一定要把好吃的水果和麥片攪在一起，這樣很噁心妳不知道嗎？」

「會嗎？我覺得很好喝啊！這水果和麥片穀物的比例可是黃金比例，營養專家研究出來的。」

「要是我的話我就會買一瓶果汁配麥片麵包，好吃又有纖維質。」

「哼！我絕對不買外面賣的果汁，誰知道他們用什麼爛水果打的汁。」

「人家是有品牌，ＳＮＧ品質保證的。」

「是ＧＭＰ，不是ＳＮＧ，奇怪，你們這些小鬼就會信廣告說的，大人說的都不信。」

「妳還不是一樣相信什麼營養專家的話，而且妳一邊相信一邊還罵他們是訓練有素的狗。」

「沒錯啊！那些專家都是狗，只不過是好狗和壞狗之分。」

「所有的狗都是好狗，沒有壞狗。」

「你就是隻壞狗。」

「為什麼我是壞狗？」

「因為你都不會看家，隨便讓陌生人進來，所以是隻壞狗。」

「妳才是隻壞貓。」

「為什麼我是壞貓？」

「因為妳都不陪我玩貓狗大戰，人家披薩哥哥都會陪我玩。」

「人家披薩哥哥是為了討好你，希望你每天跟他叫披薩所以才陪你玩的。」

「才不是咧！人家披薩哥哥跟妳一樣，說披薩不可以吃太多，還規定我一星期只能吃三次喔！」

「真的？」

「當然是真的。」

「那——他玩貓狗大戰很厲害嗎？」

「當然比我差，不過比姊厲害。」

「真的？」

「當然！他是小笨貓，妳是大笨貓。」

「哼！敢說我是大笨貓？不給你一點顏色看看不行了！開機！我們來貓狗大戰！」淑芬氣呼呼地說。

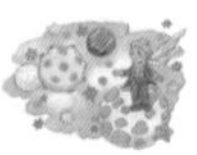

「萬歲！我當狗。」

「你說的沒錯，你就是大笨狗。」

「妳是大笨貓。」

「大笨狗！」

「大笨貓！」

「來吧！看我的超級大炸彈。咻——碰！」淑芬大喊著。

「小魚，來！吃晚餐了，這是山藥，這是葡萄乾，這是燕麥，然後攪一攪，變！精力湯。姊姊說每天都要喝精力湯，跟你說喔，精力湯有很多的纖維質，讓你大便順暢。你看你，每次屁股後面都有一大條便便，一定是便秘了，大不出來，所

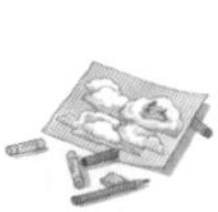

以從今天開始你要開始吃精力湯了。哇！你比較喜歡吃燕麥喔！」

一平專心餵著小魚，沒注意到姊姊已經走到他身後。

「你在幹什麼？」淑芬說。

「沒有啊！我在餵魚。」

「餵魚？你到底餵多少了，你不怕你唯一的朋友被你脹死啊？」

「反正我每次只餵一點點而已。」

淑芬一看魚缸，眼睛瞪得好大：「你怎麼把燕麥和葡萄乾丟進魚缸裡，髒死了！」

「我餵小魚精力湯，讓牠多吃一點纖維質啊！」

「可是牠是魚，魚又不吃燕麥葡萄乾。」

「有喔！剛剛小魚有吃一點燕麥。」

「真的？那牠喜歡吃嗎？」

「喜歡啊！」

「你怎麼知道？」

「我就是知道。」

「是不是牠說的？」

一平不說話。

「黃一平，你剛剛是不是又跟魚講話了？」

「我才沒有。」

「沒有？」

淑芬把臉貼近魚缸，一會兒，她說：「剛剛小魚偷偷跟我說，你從放學以後一直都在跟牠說話，一直說不停，小魚跟我說牠都快被你煩死了。」

「哪有，我今天才跟牠說幾次話而已，而且時間都很短。」一平抗議著。

「是嗎？那我再問小魚問清楚。」

淑芬又把臉貼近魚缸，這次貼得更近一些。

「怎樣？小魚怎麼說？」一平在一旁緊張地問。

「你不要吵啦！你這麼吵我聽不清楚。」

一平乖乖閉上嘴巴，然後把手指放在嘴唇上，對著魚缸裡的魚比出閉嘴的手勢。

「真的嗎？」淑芬驚訝地說：「好了，我知道了。謝謝你告訴我。」

「怎樣？小魚對妳說什

麼？」一平小聲地問。

「小魚說——」淑芬故意吊一平的胃口。

「說什麼？」

「說你很想養小狗。」

「真的？」一平張大眼睛說：「小魚跟妳說的？」

「對啊！小魚還要我勸勸你。」

「勸我什麼？」

「小魚說，你已經有牠這個朋友了，牠會聽你的心事，會陪你聊天，牠怕你要是有了小狗就會忘了牠，所以小魚不

希望你再養小狗了。」

「真的嗎？小魚這樣說啊？可是我有了小狗還是會記得小魚啊！」一平把臉靠近魚缸，鼻尖都碰到玻璃了。「小魚，你放心，我要是有了小狗，還是會記得你，跟你聊天的。」

淑芬看了有些於心不忍了，說：「其實小魚也是很體貼我們才這樣說的啊！牠說我們家養小狗會很不方便，養小狗要有很大的空間，可是我們家那麼小，一個小小的公寓，小狗沒有空間可以盡情的活動，會很不快樂的。不像小魚，魚缸那麼大，可以盡情的游來游去。」

一平眼睛直盯著魚缸裡緩慢游來游去的魚，不說話。

「好啦！我要去洗澡了，你再跟小魚好好溝通吧！」淑芬拍拍一平的頭，然後進房間。

一平蹲下，看著小魚，額頭貼在魚缸上：「小魚，你剛剛真的跟姊姊說我很煩是不是？」

小魚搖著大大的尾巴，看起來有些笨拙。

「小魚，我真的不會忘記你的，你還記得嗎？我們第一次見面的時候，你只有尾巴的尾鰭，背部的鰭不見了，被其他的魚吃掉了。慢慢的游，好可憐。我說要買這一條，牠好可憐。可是老闆說，你的背鰭不是被其他魚吃掉的，是生來就這樣，只有圓滾滾的身體和尾巴。真的？那是畸形兒了，好可憐，我要養牠。可是老闆卻笑了起來，他說這條魚不是畸形，這種金魚叫蘭壽，是培育出來的品種。一條要兩百五十元。姊姊當時還笑你說，怎麼少了鰭的魚會更貴。哈哈，好好笑。」

小魚吐著泡泡，好像也跟著一平哈哈大笑。

「小魚，你放心，就算是我真的有了小狗也不會忘記你的。所以你要幫我祈禱，讓我早一點有一隻小狗喔！」

「都十點了，你功課寫好了沒有？」淑芬開門進來就問。

「寫好了。」一平坐在書桌前還在塗塗寫寫的。

「寫好了？那你還在忙什麼？」說著，淑芬走到書桌旁，一看，嘆口氣說：「唉！又在畫狗了，這狗也是作業嗎？」

一平沒有回答，繼續專心畫小狗。

「家長聯絡簿呢？」

一平從書包拿出聯絡簿給淑芬。

淑芬打開聯絡簿，拿了筆，在簿子上寫字，邊寫邊說：「黃一平今天和姊姊玩貓狗大戰大獲全勝，值得獎勵，是個好小孩。」

一平一聽，著急地說：「姊！妳不可以亂寫啦！」

淑芬笑了起來：「哈哈！被騙了吧！」

「姊，妳要寫說黃一平認真寫家庭作業，表現良好，懂嗎？」

「都寫那麼多天了，誰不知道。」

淑芬繼續寫著，一邊念著：「黃一平認真寫作業，表現……尚可，什麼表現良好，要謙虛一點，知道嗎？請老師多加督促，謝謝！……然後是簽名，嗯——」淑芬想了一下，說：「今天要寫爸爸的名字還是媽媽的？」

「昨天是寫媽媽的。」

「那還是寫媽媽的名字。」

「不對啦！應該是輪到寫爸爸的啊！」

「你笨啊！一天媽媽的一天爸爸的，這樣太規律了，反而不正常，會讓人起疑的，要偶爾錯開一下。」

「喔！還是妳比較有經驗。」一平看看聯絡簿：「哇！姊，妳的簽名越來越像媽媽了，我看調查局也查不出來喔！」

「查得出來！雖然看起來差不多，可是寫字的力道和筆畫的強度

那些笨專家還是測得出來。」

「只要老師看不出來就好。」

淑芬把聯絡簿放進一平的書包，突然發現一張考卷。淑芬把考卷抽出來。

「五十五分！」淑芬大叫起來：「黃一平！你怎麼考的？這些題目不是教過你了嗎？」

「忘了。」

「忘了？貓狗大戰就不會忘，這個就會忘？」淑芬晃著考卷說。這時候淑芬看見考卷背後有東西，翻過來看，是一隻貴賓狗和四隻小狗的畫。

淑芬仔細看著考卷背後的畫，說：「嗯，畫得是不錯，你的老師還真幽默，還給你九十分。」

一平低著頭沒有說話，淑芬看了一平一眼，說：「你知道嗎，世界上有一些天才他們在學校的功課也是很差很爛，可是後來還是很有成就。」

「像艾迪生。」一平小聲地說。

「沒錯！還有一些藝術家也是，應該說是大部分的藝術家吧！就我所知他們的功課都不怎麼好，還有點自閉，就跟你一樣。不過身為姊姊的我，總不能叫你放棄學業，專心去發展你畫畫的天分吧！那總是有點冒險，你說是不是？」

「喔！」

「所以了，最好就是考試也考九十分，畫畫也畫九十分。對不對？」

「可是我只會畫小狗。」

「沒關係，那你可以成為專門畫狗的專家啊！」

「畫狗的專家？」

「對啊！像課本裡不是有講，中國有名的畫家王冕就是專門畫荷花，還有近代很有名的畫馬大師徐悲鴻。所以啊！你以後搞不好會成為畫狗的專家喔！」

「畫狗專家？可是專家不是不好嗎？都是訓練有素的狗？」

「那正好啊！一個專門畫狗的訓練有素的狗，負負得正，不是變好了嗎？」

「喔！」

「不過功課還是要認真讀。好啦！睡覺。」

一平躺在床上。「姊，爸爸什麼時候回來？」

「嗯，等媽媽回來爸就回來了吧！」

「那媽媽什麼時候回來？」

「等爸回來媽就回來啦！每次不都是這樣嗎！」

「喔！……姊，妳想不想看小狗？」

「什麼小狗？」

「我畫的那個小狗啊！很可愛喔！」

「那些小狗啊？去哪裡看？」

「就我帶妳去看。」

「好啊！我倒要看看你畫的小狗

到底像不像。」

「很像，妳看了就知道。」

「好，睡覺了，晚安。」

「晚安。」

淑芬開門出去。一平看著牆上的小狗的畫，滿足地閉上眼睛。

# 3 一平和他的三隻小狗

放學了，一平跟著隊伍穿越馬路，然後快步往寵物店走去。

「黃一平，等我一下。」

一平停下腳步，回頭看，小英正賣力跑過來。

「呼！好累喔！」小英喘著氣說：「你走那麼快幹什麼？害我都快追不上了。」

「孫小英，妳今天下課不是要去打鼓嗎？妳是不是偷偷跑掉啊？等一下妳家阿卿嫂找不到妳又要去找校長了。」

「你放心，今天打鼓課老師出國表演，所以取消，不用上課。」

「真的？」

「真的！」

「那就算妳不用去打鼓，可是妳家阿卿嫂不會找妳嗎？」

「這你不用擔心，你看！」小英指指身後，一輛黑頭轎車正緩緩跟著。

「哇！原來妳還有保鏢啊！」

「別提了，他們真是煩死了，跟東跟西的，害我一點隱私權都沒有。剛剛我跟阿卿嫂說，我的心情不好，想一個人走一走，說妳要是不讓我一個人靜一靜的話，我會發瘋的；還跟她說我每天都要補習，回到家還要寫很多功課，精神壓力太大了，如果是妳的女兒妳願意她過這樣的生活嗎？」

「那阿卿嫂怎麼說？」

「她說她沒那麼多錢讓她女兒補那麼多習。」

「說的也是，補習要花很多錢的。」

「然後我就用很哀怨的口吻說，阿卿嫂，現在的小孩子真是太可憐了，心情不好還不能一個人靜一靜，真是太可憐了，難道沒有人可以了解我嗎？」

「妳的心情為什麼不好？」

「我騙她的啦！要不然怎麼可能讓我一個人出來。然後阿卿嫂嘆口氣說，小姐，我看過比妳還要可憐的小孩子，他們連營養午餐的錢都付不起。」

「對啊！他們真的很可憐。」

「最後阿卿嫂說，就算關在看守所裡的人還是有資格出來放風走一走的，所以答應給我半小時的自由時間。所以，走吧！」

小英愉快地蹦蹦跳跳往前走。

「去哪裡？」

「帶我去看你的小狗。」

「那不是我的小狗。」

「可是你每天都去看牠，在感情上已經是你的小狗。」

「感情上？」

「對啊！就像小王子和他的狐狸一樣，一開始狐狸對小王子也是充滿戒心，可是小王子很有耐心地每天都去看小狐狸，他們的距離每天都拉近一點，最後小王子終於馴服了小狐狸，兩個成了好朋友。」

「我每天都有去看小狗。」

「這就對啦！小狗一定也被你馴服了，你們已經是好朋友了。」

「對！我們已經是好朋友了。」

「一定是的。」

兩人快步走到寵物店櫥窗前。

「小英，妳看！」

櫥窗內有一隻母貴賓狗和三隻可愛的小狗。

「好可愛喔！」小英讚嘆地說。

可是一平的表情卻充滿了驚訝，說：「啊！小狗怎麼只有三隻？昨天還有四隻啊！」

「應該是被買走了吧！」

「被買走了？怎麼會這樣？」一平失落地頭靠在櫥窗上說。

「小狗那麼可愛，誰看了都喜歡啊！跟你說喔，我家也有兩隻狗，一隻是拉布拉多，叫阿布，就是廣告上喜歡玩衛生紙的那種，阿布是我大姊看了廣告後要我爸買的，現在變好大隻，比我還大喔！超級巨狗！另外一隻是米格魯，叫阿魯，就是電視偶像劇《吐司男之吻》裡面那種，當初是我二姊吵著要買的，買的時候那個賣狗的還保證說米格魯絕對不會長大喔！頂多像兔子一樣大。哼！結果呢！現在還不是變得很大。現在都只能關在外面院子裡，要不然我家就完了，好像颱風過境一樣。」

「貴賓狗不會變得很大。」

「嗯！可是我想我爸是不會讓我買的，就算我哭也沒用，因為他已經得到教訓了。」

貴賓狗溫柔地舔著小狗。

「黃一平，你想到要幫小狗取什麼名字了嗎？」

「取名字？」

「對啊！」

「可是，雖然說感情上牠們是我的狗，可是實際上牠們真的不是我的狗，不是嗎？那要怎麼取名字呢？」

「可是就算小狗真的不是你的，你還是可以幫牠取個名字啊！而且取了名字，那隻小狗對你來說就更有意義啊！」

「什麼意義？」

「就像動物園裡的那兩隻貓熊團團和圓圓啊，有人偏偏不喜歡牠們叫團團和圓圓，就把牠們改名叫春嬌和志明，所以春嬌和志明對他來講，就比團團和圓圓更有意義啊！」

「真的嗎？」

「嗯！」小英靠著玻璃櫥窗，看著小狗，說：「就像小王子跟他的小狐狸一樣，小王子幫他的小狐狸取個名字以後，這隻小狐狸對小王子來說就是獨一無二的！牠和全世界的狐狸都不一樣了，因為牠只屬於小王子！」

「喔！」

小英回過頭對一平說：「而且你到寵物店來，在玻璃窗外，你輕輕叫牠的名字，牠會知道喔！」

「牠會知道？真的？」

「絕對知道。」

「嗯……，我想想看。」一平仔細想著，然後說：「牠白白蓬蓬的，像白雲一樣，就叫牠白雲好了。」

「白白蓬蓬的就叫白雲？好沒創意喔！那為什麼不叫棉花糖？」

「說的也是。」

一平想了一下，興奮地說：「我想到了，媽媽就叫小雲，其他小狗叫棉花糖。好不好？」

小英點點頭，說：「小雲，聽起來很可愛，很安靜的樣子，不錯，很符合狗媽媽的氣質。而小狗狗正好很像一串QQ的棉花糖。黃一平，你取得太好了！」

一平也笑著點點頭。

「好了，黃一平，現在你和小雲正式成了好朋友，你要對小雲負責喔！」

「負責什麼？」

「就是負責嘛！就像小王子要對他的小狐狸負責一樣，因為牠是獨一無二的。」

「獨一無二？」

「沒錯！獨一無二。」

這時候阿卿嫂從黑頭車下來，走過來。阿卿嫂先對一平笑一笑，然後說：「好啦！小英小姐，逛街也逛過了，小狗也看過了，現在妳的心情應該好多了吧？」

「好多了，謝謝。」

「那我們現在可以回去了吧？」

「好吧！」說完後小英跟著阿卿嫂往黑頭車走去，司機幫小英開了門，小英回頭對一平說：「黃一平，謝謝你帶我來看小狗。」

「喔！」

「你就只會說喔！」小英揮揮手，然後坐進車子，把車窗搖下來：「再見，黃一平，記得要對小雲和棉花糖負責喔！」

「再見。」一平對著遠去的黑頭車揮著手，然後轉身看著櫥窗裡的狗。

「小雲。」一平輕聲地說。

小狗們安靜地睡著，小雲抬頭看了一平一眼。

一平笑了笑，繼續對小雲說話：「小雲，妳要當個好媽媽，好好的照顧小狗狗喔！我想妳一定會的。因為妳都被關在這個玻璃櫃子裡，哪裡也不能去。真好，我好羨慕小狗狗喔！都可以整天和媽媽在一起。我跟妳說喔，我媽媽很少回家，她常常出國，爸爸跟我說媽媽是因為要工作，她要到很多國家去收集資料。可是有一次姊姊和爸爸吵架的時候，很生氣的大聲說，媽媽不回家都是因為他。我等姊姊氣消以後就問姊姊，媽媽很少回家真的是因為爸爸嗎？姊姊嘆口氣說，等你長大就知道。」

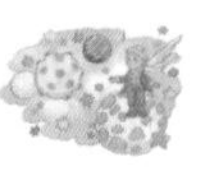

# 4

# 一平和他的媽媽

一如往常，看完了小狗，一平慢慢往家的方向走去。走在一樣的巷子裡，慢慢爬上一樣的公寓樓梯，走到一樣的門口，一樣掏出一大串鑰匙。開門，進去。

一平開門，進來。然後走到水族箱前，倒魚飼料餵魚。

魚兒爭先恐後的搶著食物，一平把臉貼近魚缸看著。

「喂！貪吃的魚……，對你們來說，我也是獨一無二的吧！對不對？因為我每天都餵你們，對你們那麼好……，喂！你們會不會想我啊？」

魚兒靜靜的吃著飼料，只有氣泡小聲地咕嘟咕嘟響著。這時，從魚缸後面冒出一個戴著唐老鴨面具的頭，一平嚇呆了，叫不出聲音。

戴著唐老鴨面具的人從魚缸後面慢慢走出來，往一平走去，手中還拿著麻繩。

「你……要幹什麼？」一平嚇得聲音顫抖。

唐老鴨拉拉手中的麻繩，慢慢靠近一平。

「你是誰？」

「你看不出來我是誰嗎？」唐老鴨用沙啞的聲音說：「我是唐老鴨。」

「唐老鴨？你不去迪士尼樂園，跑來我家做什麼？」

「我要綁架你。」

「綁架我？」一平嚥了口水，說：「唐老鴨，我跟你說……我爸爸快要回來了，你趕快走。」

一平說的不是實話，因為一平的爸爸根本不會回來。

唐老鴨漸漸逼近，一平慢慢往後退。唐老鴨突然衝過去，一平往後跑，兩人在客廳追逐。

「不要跑。」唐老鴨捉住一平，用繩子把一平綁在椅子上。

一平驚恐地求饒：「唐老鴨，你綁架我也沒有用，因為你根本拿

不到贖金，我父母根本就不愛我。」

唐老鴨停住動作。

一平繼續說：「我跟你說，你要綁架我不如去綁架我姊姊，我姊姊聰明又漂亮，我父母都比較喜歡她，你去綁她錢會比較多。」

「真的？」

「真的！我的成績不好，不會讀書，我姊姊還說我是個自閉兒，沒有人會喜歡自閉兒。」

唐老鴨看了一平一會兒，似乎在思考什麼。

這時候姊姊淑芬開門進來。一平立刻大叫：「姊！」

唐老鴨站起來發出怪聲嚇唬淑芬，高舉雙手作勢要衝過去。

淑芬一副老神在在的樣子，說：「媽，妳別鬧了，妳這招嚇嚇弟弟還可以，對我是免了。」

唐老鴨頹然放下雙手說：「妳怎麼知道是我？」說著，唐老鴨脫下面具，真的是一平的媽媽。

「媽？」一平不敢相信自己的眼睛，吃驚地說：「怎麼是妳？妳綁架我做什麼？」

「把你賣到國外，像你這種可愛的小男生一定可以賣很多錢。」媽媽抱住一平猛親。

「好啦！快點解開我，其實我也早就知道是妳了，只是故意要跟妳玩。」

「哈哈哈！你想跟媽媽玩啊？跟媽媽玩啊！」媽媽搔一平癢，兩人在沙發上滾著、笑著。淑芬站在一旁淡淡笑著。

「對了，媽媽買了禮物要送給你們，來，分禮物囉！」

媽媽很熱烈地站起來，拖出一個大皮箱，打開：「你們看！都是要送給你們的喔！這是給弟弟的衣服、巧克力、太空船模型，還有星際大戰的怪物；喔，這是姊姊的筆記書、衣服、香水、少女保養品；

這是給爸爸的領帶和衣服。」

「拜託！爸爸是從來不打領帶的，妳不知道嗎？」淑芬不以為然的說。

「總會用到的。」媽媽故作不經意地問：「對了！你爸爸有沒有說什麼時候回來？」

一平忙著拆模型盒子沒回答，淑芬聳聳肩，說：「不知道，爸已經好幾天沒出現了。」

「他在山裡？」媽媽問。

「不然還會去哪裡？應該都在山上找他的蘭花吧！山上收訊又不好，電話也打不通。」淑芬說。

「媽，這次妳比爸早點回來喔！哇！是變形金剛。」一平抱著機器模型笑著說。

「算了，管他要不要回來。淑芬，喜不喜歡妳的衣服？」

「不錯啊！」

一平繼續翻著皮箱，拿出一瓶酒，手一滑，酒差點打破。

媽媽一把搶過酒瓶。

「小心一點，笨手笨腳的。」媽媽大喊。

一平和淑芬對媽媽的強烈反應愣了一下。

「對了！我們來喝一杯，慶祝媽媽回來。媽媽去拿杯子。」說著，媽媽快步到廚房拿了三個杯子出來。

媽媽剛坐下，立刻又站起來往廚房走去，一邊念著：「哎呀！忘了拿開瓶器，沒開瓶器怎麼喝。」

一平和淑芬靜靜坐在沙發上看著慌忙的媽媽。

媽媽努力將開瓶器旋入瓶塞，用力拔起瓶塞。然後媽媽倒了三杯，說：「來！一起來歡迎媽媽回家。」媽媽拿了一杯迫不及待地一口喝光。

一平和淑芬都沒有拿杯子。

「媽，小孩子喝酒不好吧？」淑芬冷冷地說。

「唉唷！沒關係，這是媽媽在香港買的加拿大冰酒，甜甜的，很適合小孩子喝的，當初就是要買給你們的。唉！反而是太甜了，不適合大人呢！」

一平拿起杯子嚐了一口。

「怎樣？好喝吧？」

「不錯耶！姊，妳喝看看，真的好好喝喔！」

「不准喝。」

「好了，聽姊姊的話，不要喝了。」媽媽看淑芬那麼嚴肅，也跟著勸一平。

「我只要喝一點點就好。」

「哼！隨便你，到時候後悔了別怪我沒提醒你。」

一平拿起酒杯喝了一口。淑芬坐在一旁，賭氣似的和母親兩人對看。

「姊，我的頭好痛喔！」一平躺在床上呻吟著。

淑芬幫一平把被子蓋上，說：「早跟你說過了，小孩子不要喝酒，你就是不聽，現在頭痛了吧！」

「以後我不敢了。」

「來！你現在想著你的小狗，你和小狗在一片綠油油的草地上奔跑——」

「我想在雲上面奔跑。」

「雲？好吧！你和小狗在雲上面奔跑，風輕輕的吹，你和小狗慢慢的跑，慢慢的跑；雲越飄越高，越飄越高，身體越來越輕，越來越輕——」

一平規律的呼吸聲傳來。

「然後你就睡著了。」淑芬笑一笑，站起來離開。

剛剛才把有些醉意的一平扶回房間休息，淑芬不想再和媽媽說話，連忙回到自己房間，鎖上房門。她需要一人獨處。

淑芬打開窗戶，讓涼涼的晚風任意吹進房間，好像這樣就可以把滿腹的心事吹走一樣。

不過這樣還不夠，淑芬需要一個能夠盡情宣洩的窗口。

淑芬坐在書桌前，打開電腦。電腦前放著一小盆漂亮的蘭花，她的手指在鍵盤上飛快敲打著。她正在和她網路上的好友娟聊天。

芬：蘭花開了呢！好漂亮喔！可惜今天沒下雨。

娟：下雨和蘭花有什麼關係？

芬：其實我很喜歡下雨的時候，尤其是淋著雨，到山裡面去找蘭花。

娟：可是下雨天到山裡面不會很危險？不怕土石流嗎？

芬：我說的下雨不是下大雨啦！是那種小小細細的雨。山裡面常常會下這種雨，這個時候森林裡好漂亮，而且還有一層一層的霧。

娟：應該也是小小的霧吧！要不然霧太大了就什麼也看不到了。

芬：對啊！而且要跟我爸爸去，一個人我才不敢去。可是爸爸都不怕，他喜歡一個人去山裡。

娟：妳爸又去山裡啦？

淑芬停止打字，盯著電腦螢幕。

娟：哈囉？

芬：今天我喝了冰酒，不錯喝。

娟：幹嘛喝酒？心情不好？還是沒下雨？

芬：無所謂好不好，也無風雨也無晴。只是陪我老媽喝幾杯。

娟：妳媽回來了？

芬：也該回來了吧！總要面對現實。有時想想還真可憐她，連自己的男人都守不住，只好放縱自己。

娟：妳是這樣想的嗎？其實我倒很欣賞妳媽這樣獨立，結了婚還可以有自己的規畫，出國找靈感，寫書寫專欄，真是現代女性的好榜樣。

芬：可是代價卻是讓孩子大半年看不到母親。

娟：可是某方面來看這不也很好，因為他們這種關係，反而讓妳有了更多的空間，更多的自由，讓妳養成這樣獨立自主的個性，不是嗎？

淑芬停止打字，思考著。

娟：怎麼了？

淑芬繼續打字。

芬：我想，如果這些年來，我不是在他們這種疏離的關係下成長，我會是什麼樣的黃淑芬？

娟：如果真是如此，那妳就根本不是現在的黃淑芬了。

淑芬停止打字，靜靜看著娟的這句話。然後——

芬：如果我不是黃淑芬了，那我是誰？

客廳裡，魚缸在燈光照耀下晶瑩美麗，魚兒緩緩游著。

桌上擺著冰酒空酒瓶和幾只空酒杯，只有一平媽媽一個人喝悶酒。她喝光酒杯裡的酒，搖搖晃晃站起來，走到櫃子，拿了一瓶威士忌，打開，倒了一杯。然後走到淑芬房間門口敲敲門，沒有反應。

「淑芬？」媽媽輕聲說。

還是沒有反應，媽媽走到一平房間外，打開門，進去。

媽媽坐在一平床邊，看著熟睡的一平。看著看著，媽媽流下淚，輕輕啜泣著，說：「一平，媽媽不是不愛你，你不要認為媽媽不愛你，媽媽……媽媽也想好好的愛你愛這個家。一平！」

一平迷迷糊糊半睜開眼，含含糊糊地說：「媽？」

媽媽撫摸一平的臉說：「媽媽最愛一平了，對不對？媽媽買了很多禮物給一平，你喜不喜歡？」

「喔！」

「一平，你告訴媽媽，你比較喜歡爸爸還是媽媽？」

「啊？」

「你說啊，你比較喜歡誰？爸爸還是媽媽？」

一平閉著眼睛說：「我比較喜歡小狗。」

「你比較喜歡小狗？」媽媽笑了出來，說：「好，你喜歡小狗，那媽媽就買小狗給你好不好？」

「喔，小狗。」一平閉著眼睛迷迷糊糊喃喃念著。

這時候淑芬走了進來。

「媽，還不睡啊？妳不想睡弟弟還要睡。」

「哪有？我們聊得正高興呢！我剛跟一平說要買隻小狗給他。」

「又是小狗，弟弟整天都在談他的小狗，妳不會真的要買給他吧？先說好我是絕對不會替他照顧狗。」

「放心，不會要妳來照顧的。」

「最好如此。」

「淑芬，那妳最想要什麼，媽媽買給妳。」

「我什麼都不需要。」

「怎麼會不需要？妳說，媽買給妳。」

淑芬想了一下，吸口氣說：「明年高中畢業後我想要出國遊學。」

媽媽突然興奮地說：「我就說嘛！妳的個性跟我最像了，都喜歡自由自在四處去看看。」

「才不一樣，我是有目標有計畫的，而妳是在逃避。」

「逃避？不，逃避的是妳爸爸，妳以為他真的那麼喜歡蘭花？其實他是喜歡逃離開這裡的感覺，離開這個家。」

「在我看來你們都一樣。好啦！我扶妳去睡覺了。」

淑芬扶起母親。

「真的，淑芬，妳跟我最像了，而妳弟弟就跟妳爸爸一樣，什麼心事都藏在心裡。就跟妳爸一樣啊！」母親喃喃地說。

淑芬看見桌上的家長聯絡簿，打開，寫上爸爸的名字，然後扶著母親出去，關上門。

# 5

# 一平和他的兩隻小狗

教室內，學生們安靜地寫考卷。

一平咬著筆頭，癡癡地看著窗外。

窗外，藍天中的白雲緩緩飄過。

啊！不知道小雲和棉花糖現在在幹什麼？牠們會不會像我一樣正看著窗外想著我呢？

想著想著，一平索性翻過考卷畫起小雲和他的棉花糖。

棉花糖要什麼時候才會長得像小雲一樣大呢？

唉！真希望我有錢可以買小狗，這樣我就可以擁有自己的小狗了。可是棉花糖都那麼可愛，要買哪一隻棉花糖呢？三隻都買最好了，那家裡一定很熱鬧。可是小雲怎麼辦？沒有了棉花糖，小雲一定會感到很寂寞。牠們是一家人，不可以分開牠們的。

「黃一平！」

一平一抬頭，老師就站在他面前，狠狠地盯著他。

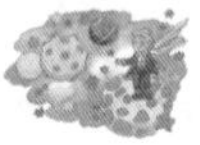

一平連忙把考卷翻過來，可是考卷卻一把被老師搶過去。

「你在幹什麼？怎麼一題都沒寫？這些你都不會嗎？雞兔同籠幾隻腳也不會嗎？老師不是都教過了？」老師發現考卷背後有東西，翻過來，一看，更加生氣，聲音更大：「小狗？別人在專心寫考卷你在畫小狗？」

老師的聲音之大把隔壁班的老師都吸引過來探頭看，看看只是在罵學生，沒事，又回去上他的課。

老師繼續罵著：「黃一平，你有像孫小英一樣到安親班補習嗎？人家孫小英下課後還有參加外面的課後安親班，有補英文、補數學，補很多的才藝，你呢？」

一平頭低低的。

「老師說話還不站起來？」

一平一聽立刻站起來，不敢亂動。

「人家有參加課後輔導的都還認真努力的寫考卷，你呢？上課喜歡發呆，課後也都不參加輔導，以後會跟孫小英一樣有好成就嗎？」

一平把頭垂得低低的。

「回去請你爸爸打電話給老師。」

「我爸爸不在家。」一平小聲地說。

「他每天都不在嗎？」

一平沒有說話。

「老師！」孫小英舉手說話：「黃一平的爸爸最近都在山上找蘭花。」

「是嗎？黃一平？」

一平點點頭。

「可是昨天的聯絡簿上不是你爸爸的簽名嗎？」

一平愣愣地看著老師。

「說話啊？」

一平又把頭低下去。

「那你媽媽在吧？」

一平點點頭。

「那記得請你媽媽打電話給老師，聽到沒有？」

一平點點頭。

老師把考卷放在桌上：「趕快寫考卷，專心一點，不要雞兔同籠不會算只會畫小狗，聽到沒有？」

「是！」一平的聲音細得像蚊子一樣。

終於下課了，黃一平用比上學時快一倍的速度走出校園。不過這並不是說一平喜歡放學，因為以前每到放學時刻他的心情總是特別的低落，想到回到家裡就只有他一個人，一平寧可待在社區的小公園裡，或是在街上亂逛。直到有一天，一平發現了櫥窗裡的小雲和棉花糖，他開始每天期待著早點下課，這樣他就可以在櫥窗外面陪小雲牠們了。

一平快步走著。

「黃一平。」

一平停下腳步回頭，黑頭轎車停在路旁，小英正探出頭來對他揮著手。

「喂！黃一平，你要去看小雲對不對？」

一平點點頭。

「那你快上車我載你過去。」

「妳不用去安親班補習嗎？」

「當然要，今天要去跳芭蕾，芭蕾教室剛好順路。」

「真的嗎？」

「對啊！我載你過去這樣你就可以早一點看到小雲了。」

「好啊！謝謝。」一平滿臉笑意地跑過去。

司機幫一平開了車門。

「謝謝。」一平進入車內，阿卿嫂對一平點頭微笑，一平也對她笑著。

「阿卿嫂，妳好，我跟妳說，今天老師有在課堂上稱讚小英。」

「真的？老師怎麼稱讚小英小姐的？」阿卿嫂微笑說。

「沒有啦！」小英有些不好意思。

「有啦！妳忘了嗎？考試的時候我在考卷的後面畫小狗，結果被老師發現了，老師很生氣，就說，黃一平，你有像孫小英一樣嗎？人家孫小英下課後都有參加很多的課後安親班，有補英文、補數學，補很多的才藝，你呢？什麼都沒有！」

「你們老師真的這樣說？」

「對啊！老師還說小英以後一定會很有成就。」

小英不以為然的說：「哼！補那麼多習累死了，誰稀罕？」

「不過我想補習應該還是有用的，像我就是沒有去補數學，結果雞兔同籠老是搞不清楚到底幾隻腳。不過我跟妳說喔，如果妳問我，一個院子裡有四隻小狗和兩隻大狗請問有幾隻腳？我一定很快就答得出來。」

「如果你上課認真聽講就會，根本不用去補習。再說，沒有人會問院子裡的狗有幾隻腳的啦！」

「為什麼？為什麼一定要算籠子裡的雞和兔子，不能算院子裡的狗？」

「因為考卷上就是這樣寫的。」

「喔！」

「對了！我跟你說，昨天我看那個動物星球頻道，說小狗很有靈

性，都會知道主人什麼時候要回來。」

「那是因為小狗聽到主人騎的摩托車的聲音。」阿卿嫂說。

「狗狗聽到熟悉的聲音會興奮那是當然的啦！我說的是主人只要『想』到要回家，只有『想』喔！家裡的小狗就會知道，電視上說那是一種動物的第六感。」

「第六感？」

「沒錯！動物都有很強的第六感，可以預知一些災難。」

「對對！」一平興奮地說：「老鼠可以事先預知船要沉了，卡通有演過。」

「沒錯，還有像鯰魚和馬、牛啊都可以預知地震。」

「還有如果看到螞蟻在搬家就知道快要下雨了。」阿卿嫂接著說：「好啦！寵物店到了。」

黑頭車停下，一平開門出來。

廣告回函
北區郵政管理局
登記證北字9600號
免貼郵票

九歌出版社　健行文化出版　Ten Points 天培文化

10558 台北市松山區八德路3段12巷57弄40號

# 九歌出版社有限公司收

姓　名：________　性別：男□ 女□　出生：____年____月____日

手　機：________　電話：(　　)________

e-mail：________　地　址：□□□________

教育程度：□國中(含以下) □高中職 □大學專科 □研究所(含以上)

## 與好友分享《九歌書訊雜誌》

推薦三名不同地址的好朋友，他們將分別免費獲贈《九歌書訊雜誌》

姓　名：________　地址：□□□________

姓　名：________　地址：□□□________

姓　名：________　地址：□□□________

您可以選擇免貼郵票寄回、將正反資料回傳，或是上網登錄 九歌文學網 http://www.chiuko.com.tw
電話：02-25776564 傳真：02-25706920

隨時隨地 擁有閱讀的美好時刻！
九歌文學網 http://www.chiuko.com.tw

# 讀者回函卡

**謝謝您購買本書，我們非常重視您的意見與想法，請您費心填寫並寄回給我們！**

● 購買的書名＿＿＿＿＿＿＿＿＿＿

● 購買本書最主要的原因（可以複選）：□書名 □內容 □封面設計 □價格便宜 □整體包裝 □作家 □其他，告訴我們你的想法：＿＿＿＿＿＿＿＿＿＿

● 您如何發現這本書：□書店 □網路書店 □書訊 □廣告DM □報紙 □廣播 □電視 □親友介紹 □其他＿＿＿＿＿＿＿＿＿＿

● 下一本你想買的書，主題會是：□華文創作 □翻譯小說 □生活風格 □少兒文學 □勵志學習 □兩性成長 □醫療保健 □旅遊美食 □藝術人文

● 您通常用哪一種方式購書：□郵購 □逛書店 □網路書店 □劃撥 □信用卡 □傳真 □其他＿＿＿＿＿＿＿＿＿＿

HELP

小英把車窗搖下，對一平說：「好啦！我要去跳芭蕾了，不能陪你一起看狗，好失望喔！」

「沒關係，小雲會知道妳想來看牠的，因為牠有第六感。」

「嗯！」小英笑著點點頭，然後對一平揮揮手：「See you tomorrow.」

一平對著遠去的黑頭車揮手，然後快步往寵物店的櫥窗跑去。

櫥窗內，小雲蜷縮在角落睡覺，兩隻小狗在一旁嬉戲著。突然，小雲好像意識到什麼，醒了過來，前腳搭在玻璃窗上，豎起耳朵，往外張望。一會兒，一平的臉出現在玻璃窗上，小雲興奮地搖著尾巴。

「啊！又被買走一隻棉花糖了，小雲，妳一定很難過，對不對？」一平輕聲地說。

小雲只是用無辜的眼神靜靜看著一平。

一平蹲在小雲旁邊安慰牠說：「小雲，不要難過，我相信妳的小狗一定是被好心人領養走了，他們會有很大的家，就像小英家一樣，因為只有那麼大的家才能養狗。所以妳不要擔心，現在妳的小狗一定正在大大的院子裡面奔跑，院子裡面也許還會有兔子喔！然後牠會追著兔子跑。兔子就會跑進花叢裡躲起來，然後妳的小孩就會很急切的把頭鑽進花叢裡，拼命鑽拼命鑽，可是聰明靈巧的兔子早就從花叢的另一邊逃跑了。結果小狗狗整個臉都弄得髒兮兮，哈哈哈。所以，小雲，妳放心，牠們一定過得很快樂，所以妳也要很快樂喔！」

小雲閉上眼睛，把頭搭在前腳上，好像睡著了。

一平專注地看著小雲，說：「就算只剩下妳一個人，我也會陪妳的，小雲。我發誓。」

# 6 一平和他的爸爸

「走走，走走走，我們小手拉小手，走走，走走走，一同去郊遊。白雲悠悠，陽光柔柔，青山綠水一片錦繡……。」一平邊爬樓梯邊唱著兒歌。

以前每次看完小狗後要回家了，一平的心情總是很低落，一來是因為要再看到小狗就要等明天了，而且一回到家又是孤單的一個人，因此一平回家的腳步總是很沉重。一平心裡都會想：「唉！要是一回到家就有可愛的小狗蹦蹦跳跳的跑來迎接我，那該是多幸福啊！」

不過今天一平上樓梯的腳步也是蹦蹦跳跳的，因為他知道，就算他沒有和小雲在一起，只要他「想」，小雲就知道他在想牠。

「走走，走走走，我們小手拉小手，走走——」愉快的歌聲突然停住了，一平呆站在門口，兩眼看著地上——那一雙沾滿泥巴的登山鞋。那是一平爸爸的鞋子。爸爸回來了！

一平盯著鞋子好一會兒，然後轉身，輕聲下樓。

他坐在巷口小公園的鞦韆上無聊晃著，這裡是一平還沒有遇見小雲和棉花糖之前，放學後消磨時間的樂園。

每次放學，為了不讓自己一個人在家孤單的時間太長，一平總會先到這個小公園玩，或是光坐著曬曬午後的陽光，看著其他小朋友玩耍。然後等到其他小朋友的媽媽們來找他們回家吃晚餐了，一平才背起書包回家，然後餵魚，叫披薩，打電動。

今天，看來要更晚回家了。

一平一個人坐在鞦韆上晃著。這時候小公園裡沒有其他的人，只有一平和一隻白底黑斑的流浪犬。

一平跟牠打招呼：「哈囉！乳牛狗，好久不見了。真高興見到你，很對不起，最近我都很少來這公園了，因為我一下課就去看小雲了。小雲是誰？小雲是一隻很漂亮的白色貴賓狗，很白很白，像一朵雲一樣，所以我叫牠小雲。就像你，身體是黑白相間的，看起來就像一隻迷你乳牛，所以我就叫你乳牛狗。當然囉，如果你的黑白花紋是一條一條的跟斑馬一樣，那就是斑馬狗啦！哈哈！斑馬狗。喂！乳牛狗，不要跑，你要去哪裡？」

淑芬背著書包從公園旁走過，看見一平。「黃一平！」

一平抬頭看見淑芬，連忙跑過去。

「放學不回家，你在這裡做什麼？」

「姊，我們去看小狗好不好？」

「現在？」

「對啊！妳自己說要陪我去看小狗的。」

「好吧！那我們先回去放書包。」

淑芬轉身要走，可是一平卻站在原地沒動。

「走啊！」淑芬催促著：「媽媽去出版公司談她的新書，晚點回來，所以看完小狗我還要回來弄晚餐呢！」

一平還是沒動，面無表情看著淑芬，說：「爸回來了。」

「那我們趕快回家啊！」

「我不要。」

「為什麼？」

一平坐在鞦韆上晃著，說：「昨天晚上妳和媽媽說的話我聽到了。媽媽說，爸爸其實根本不喜歡蘭花，他只是不喜歡我們，要逃離開這個家。」

「拜託！那只是媽媽在氣爸爸說的氣話，那不是真的啦！」

「我認為是真的，要不然爸爸怎麼常常都跑去山裡不回家。」

「那是他的工作，他要去找蘭花、賣蘭花，還要種蘭花，要不然我們要吃什麼？」

「吃披薩。」

「拜託！你沒有錢哪來的披薩？」

「可是——」

淑芬嘆口氣，說：「好了，不要胡思亂想了，反正現在爸爸回來了，他會弄晚飯，走吧！我陪你去看小狗。」

「好啊！快點，我們去看小狗。」一平一聽精神都來了。

一平和淑芬在街上走著，一平看起來好興奮，蹦蹦跳跳的，淑芬則若有所思地走著，心想：「媽媽說的是真的嗎？爸爸常常去山上真的是想離開這個家？應該不是吧！因為小時候爸爸不是就常常用他的破舊小貨車載著我和媽媽還有弟弟一起到山上去？啊！那真是一段最美好的時光。可是，什麼時候變成爸爸一個人去山上了？這個家，什麼時候變成這個樣子了？」

「姊，我跟妳說，」一平的聲音打斷了淑芬的思緒：「那個動物星球頻道說，小狗很有靈性，都會知道主人什麼時候要回來。」

「那有什麼稀奇，那是因為小狗的耳朵很敏銳，遠遠就聽到主人回家的聲音，像摩托車的引擎聲和開門聲。」

「哈哈哈！我就知道妳會這樣說。不對，我跟妳說，是只要主人一『想』到要回家，只有『想』喔！還沒有騎摩托車，家裡的小狗就會知道，那是一種什麼感的。」

「第六感。」

「對！第六感。姊，妳也知道喔？」

「知道，不過像你說的你想回家小狗就知道，我就不太相信，因為這樣等於說小狗有穿越空間的感應力啊！那不就是超人了。」

「是真的，不然我們來做個實驗，現在我開始想，想說要去看小雲，小雲會知道我要去看牠，牠會歡迎我喔！」

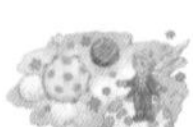

「小雲？那狗叫小雲？」

「對啊！是我取的，因為牠長得像一朵雲。」

「真沒創意。」

「才沒有咧！等一下妳看到小雲就知道這名字取得很好。」一平抗議說。

「好啦！那你就慢慢想吧！」

「那我開始想喔！」一平閉上眼睛認真嚴肅的「想」。

「哈哈哈。」淑芬指著一平的臉哈哈大笑說：「你的樣子好像大便大不出來拼命用力的表情，哈哈哈。」

一平張開眼睛生氣地說：「姊，妳這樣吵鬧害我不能專心的

想，小雲會感覺不到啦！」

「好好，我不吵你，你自己慢慢去想，等你想夠了再通知我。」

於是一平又閉上眼睛拼命用力的想。

過了一會兒，一平張開眼睛說：「好了！應該可以了，小雲一定已經知道我要去看牠了，牠一定會很高興的迎接我。」

「是嗎？」

「等一下妳就知道。」

一平認真嚴肅的走著，淑芬忍著笑意跟在後面。前面就是寵物店了，一平突然停下腳步。

「姊，現在妳先過去看，看小雲有沒有在歡迎我。」

淑芬點點頭說：「好吧！」然後往寵物店玻璃櫥窗走去。

淑芬走到玻璃櫥窗前，櫥窗內，小雲躺著睡覺，兩隻小狗靜靜地吸著奶。淑芬失望地看著，然後轉過頭看站在遠處的一平。

一平滿臉期待地看著淑芬。淑芬看著一平，無奈地聳聳肩。一平跑過來，趴在櫥窗上看著。

「哇！姊，妳看，小狗在吸奶耶。好可愛喔！小雲在睡覺了。還好我剛剛在想牠的時候沒有把牠吵醒，要不然小狗就不能吸奶了。」

「對啊！還好你的念力不夠強。」淑芬笑著說。

「今天又少一隻小狗了，只剩下兩隻了。」

兩人靜靜看著小狗。小狗們安詳地睡著。過一會兒，淑芬拍拍一平，說：「走吧！回家了，爸爸可能煮好菜等我們吃飯了。」

空空的飯桌。客廳內昏昏暗暗，安安靜靜的，只有隱隱約約水族箱裡冒氣泡的聲音。爸爸坐在沙發上睡著了。沙發旁放著一個未開啟的行李箱和一個麻布袋。淑芬開門進來，一平跟在後面。連他們的開門聲都沒有吵醒爸爸。

「爸！」淑芬輕輕喊了一聲。

爸爸抬頭，淡淡一笑，顯得無力滄桑。

「爸！」一平喊了一聲後就走到水族箱邊，拿起魚飼料餵魚。

淑芬看看空空的餐桌，對一平說：「一平，你不是最愛吃披薩的嗎？等一下你叫披薩，今天晚上我們吃披薩。」

「妳不是最不喜歡吃披薩的嗎？還說披薩都是澱粉和肥油。」

「你很煩耶，叫你叫就叫啦！」

「喔！」一平拿起電話：「喂！我要叫披薩。——對，披薩哥哥，我是貓狗大戰那個小鬼，——今天披薩要雙份的，因為我爸爸回來了。」一平說著看著父親，兩人相視一笑。

淑芬打開麻布袋看著：「哇！爸！你又找好多蘭花回來喔！我幫你拿到陽台去。」

「好啊！」

陽台上，爸爸從麻布袋裡拿出許多段木頭，淑芬拿起一根檢視，木頭上長有野生蘭。「啊！這個我知道，這是蜈蚣蘭，對不對？」

「對，妳還認得啊？」

「這種我記得最清楚了，葉子後面還有咖啡色小斑點，噁心死了。跟蜈蚣一樣噁心。」

爸爸笑著拿起一棵蘭花：「那這種呢？是什麼蘭花？」

「哎呀！這是白花石斛，是我最喜歡的蘭花。花長得小小白白的，像小白鶴一樣，還有香味。」淑芬愉悅地說。

「完全正確。」

「上次我到同學家，看到他們家也有種蘭花，也有白花石斛，不過是那種改良過的，花一大串，像瀑布一樣。漂亮是漂亮啦！不過我不喜歡，太假了，花也香過了頭。還是這種野生的白花石斛好，雖然葉子看起來像野草，可是花感覺有氣質多了。」

爸爸嘆口氣說：「還好還有像妳這種人，喜歡野生蘭花，爸爸的生意還做得下去。」

「這些蘭花是不是以前你帶我們去做蘭花復育的那個地方找到的？」

「嗯，那個時候野生蘭都要被採光了，所以要做復育。」

「我記得我還問你說，為什麼要跑到這麼遠的地方來種蘭花呢？還種在樹幹上！你說因為這是野生蘭，要種在適合它生長的地方。你還說，等過幾年後這些蘭

花長得很多的時候，我們就可以來找蘭花了。可是後來都沒有。」

「啊？」

「我是說，你說要帶我們去找蘭花都沒有，都偷偷一個人跑去。」淑芬故意有點撒嬌、賭氣地說。

爸爸尷尬笑一笑，說：「那下次帶妳一起去。」

「好啊！我們全家一起去！」

「一起去的話爸爸那輛小貨車可載不下啊！你們都長大了，嗯，看來要換輛新車

了。」爸爸苦笑說。

「那太棒了，這樣就跟以前一樣了，也可以讓弟弟多接近大自然，開開眼界，要不然我看他每天畫小狗，都要變怪胎了。」

「怎麼可以說自己的弟弟是怪胎？」爸爸笑著說。

「我說的是真的，要不然這幾天你自己看。爸，這次——你要待多久？」

「會久一點。」

「嗯！」淑芬拿起一根木頭，說：「啊！這棵白花石斛要開花了。」淑芬仔細欣賞著一棵含苞待放的白花石斛。

「爸，姊，披薩來了，快來吃喔！」一平在客廳喊著。

「來了！」爸爸說。

# 7 一平和他的一隻小狗

汽車賣場裡陳列著各式新車，一平的爸爸正在看車。

一個男推銷員臉上堆滿笑意走過來。

「先生，來看車啊？」

「嗯，隨便看看。」

「沒關係！多看看，多比較，這是一定要的。」推銷員堆出滿臉笑容，試圖展現親和力：「先生，容我來向您介紹，我覺得這輛滿適合您的。」

推銷員指著一輛跑車。

「這一輛？適合我？」一平爸爸有點吃驚。

「是啊！這款是最新型的跑車，您看！這流線的造型，還有超級馬力的引擎，充滿了爆發力和野性的活力，正適合您狂野不修

邊幅的氣質。」

爸爸低頭看看身上髒髒亂亂的登山裝，有點尷尬，笑笑說：「我不喜歡那麼狂野的感覺。」

「喔！真的？唉呀！其實我也看得出來，您是外表粗獷但是內心溫柔敦厚的傳統型男人。」

推銷員立刻見風轉舵指著一輛造型復古車，說：「先生，您看，這種復古車型，搭配車內核桃原木裝飾，充滿了睿智，最能匹配先生您這浪漫的歐洲單身貴族的氣質。」

「喔，我已經結婚了，還有兩個小孩，一男一女。」

推銷員迅速看了一眼一平爸爸的左手，不過一平爸爸左手上並沒有婚戒。

「哎呀！原來先生有個美滿的小家庭，真是太美好了，那目前最夯的休旅車最適合先生您了。」

「休旅車？嗯！應該比較適合。」

推銷員連忙引導一平爸爸到一輛休旅車旁。

「哎呀！先生您真是太有想法了！休旅車正是現代人不可或缺的生活必需品啊！就是這輛了。您看，全新設計的全家福休旅車，現代人啊，最注重休閒生活，這款新車最適合你們一家五口全家出門旅遊了。」

「一家五口？」一平爸爸疑惑地說：「可是我們只有四個人啊？」

「先生家沒養狗嗎？哈哈哈！四個人加上一隻狗，那不就是五口了嗎？現代人啊！都要養隻狗，這樣才有幸福的感覺。」

「幸福的感覺？」一平爸爸自言自語說著。

「那是當然啦！電視上不都是這樣演的嗎？爸爸媽媽帶著一雙可愛的兒女和一隻小狗，坐著這款幸福的休旅車——，喔！那真是太完美了，太幸福了。」

推銷員繼續用三寸不爛之舌天花亂墜的勸說著，可是一平的爸爸卻沒有仔細聽，因為他的心思早就飄到一平和小狗的身上了。

寵物店裡，小雲正安靜地躺著，旁邊只剩下一隻小狗在吸奶。

小雲突然醒過來，看著窗外，搖著尾巴。

「小雲！」一平一進寵物店就衝到關著小雲的玻璃櫃前，興奮喊著：「姊，妳看，小雲知道我要來，在歡迎我耶！」

淑芬和爸爸走到一平旁邊看著。

「拜託，小狗看到誰都會這麼開心的搖尾巴。」淑芬故意逗著一平說。

寵物店主人走過來。

「來看小狗嗎？」

「對，我們想買一隻狗。」一平爸爸說。

「有特別喜歡哪一種狗嗎？拉布拉多滿適合家庭養的，因為牠的個性很溫和，喜歡和孩子遊戲，現在很多人養。」

「可是拉布拉多太大了，我家又沒有院子。」淑芬說。

「沒錯！妳很有概念，養拉布拉多要有比較大的空間。」

「一平好像很喜歡貴賓狗。」爸爸說。

寵物店主人認出一平，親切地說：「哎呀！小朋友，原來是你，你常來看小狗喔！終於說服爸爸買小狗給你啦？你很幸運喔！白貴賓這次生了四隻，都被買走了，只剩這一隻了，好像是特別要留給你的。」

「真的？那真是太巧了，就買這隻了。好不好？」爸爸說。

PET
特價
8.5
折

「弟弟高興就好，反正是他要買的，小狗是他要照顧的。」淑芬說。「不過，這隻小狗健康嗎？為什麼挑到最後才留下來？是不是小狗不健康？」

「不可能啦！小姐，我們這裡的小狗都是品質保證的，像這隻母貴賓血統純正，得過獎的。而且我跟妳說，這隻母貴賓在這裡配種已經三年了，所生的小狗很多人都搶著要呢！如果你們現在不買，就再也沒有這麼好的白貴賓了，這是最後的機會。」

「最後機會？為什麼？」

「因為一般來說，超過三歲的母狗生的小狗品質就沒那麼好，為了品質保證，我們超過三歲的母狗就要淘汰掉，另外找其他母狗來配種，所以這隻是牠所生的最後一隻小狗了。」

「你說淘汰是什麼意思？」淑芬奇怪地問。

「嗯……就是會把狗送回鄉下狗園去養老。」寵物店主人吞吞吐吐地說。這時候有其他客人進來，主人忙著過去招呼。

「哼！什麼送回鄉下狗園養老？怎麼可能那麼好心？我看還不是把牠們安樂死。唉！可憐的小狗。」淑芬咬牙切齒小聲地說。

「真的？不會吧？他看起來這麼愛動物，應該很有愛心。」爸爸說。

「是真的！上次我在電視上有看過報導，那個什麼狗狗養老院簡直就是狗狗地獄，慘不忍睹。」

一平看著小雲，小雲舔著一平的手。突然一平抱起小雲，衝出寵物店。

「一平！」爸爸和淑芬追出寵物店。

一平抱著小雲在街道上奔跑。

「一平！」

淑芬、爸爸和寵物店主人在後面追著。

一平一直跑，一直跑，穿過來往的路人。跑著跑著，他跌倒了，小雲摔了出去。

一平趴在地上，抬頭看著小雲。

小雲繼續往前跑，一隻小白狗在來來往往的步伐中跑著，最後消失在人群中。

爸爸跑到一平旁邊，扶起一平。

「你有沒有怎樣？」爸爸關心地問。

一平的臉上掛著淚珠，眼睛還看著前方逐漸消失的小白點。

# 8

# 一平和他的尋狗啟事

下雨天，操場上霧茫茫的，沒有一個人。鞦韆空空的，花園裡的花也無力地垂著。

學生們正在教室內吃營養午餐。

小英把吃剩下的骨頭放進塑膠袋內。

「我要把這些骨頭帶回去給我家阿布和阿魯吃。」小英對一平說：「我姊說狗只能吃狗飼料，這樣營養才均衡，哼！亂講！狗本來就是愛吃骨頭的，對不對？有一次我餵我們家阿布吃骨頭，被我姊姊看到了，她立刻衝過來要搶走骨頭，說什麼骨頭會刺穿狗狗的胃。結果你知道怎樣嗎？阿布把她的手咬一口，哈哈！還包了一大包。活該。」

一平情緒低落地聽著，沒什麼反應。

「對了！放學後我們去看小雲好不好？我已經跟阿卿嫂說過了，她說看十分鐘不會影響到我上作文家教。」

「喔！」

「你可以和我一起坐車過去。」

「不用了。」

「沒關係，我已經和阿卿嫂說過了。」

「不是啦！我跟妳說，小雲不見了。」一平紅著眼睛說。

「不見了？被買走了嗎？不會吧！都老狗了怎麼會有人要買？白癡啊！」

「不是啦！小雲是被我放走的。」

「你幹嘛要放走小雲？」

「我又不是故意的。可是現在，找都找不到了。」

「那小雲不是變流浪狗了？好可憐喔！」

一平低著頭不說話。

「對了，你為什麼不乾脆去貼尋狗啟事呢？」小英突然想到。

「尋狗啟事？」

「對啊！你就在上面說你要找小狗，然後寫上你的電話號碼，這樣我想很快就會有小雲的消息了。」

「可是我又沒有小雲的照片。」

「你好笨喔！你不會用畫的？」

「對！我最會畫小狗了。」

一平立刻拿出圖畫紙開始畫起圖來。

「那大概要畫幾張？」

「畫一張就夠啦！」

「一張怎麼夠？我要畫很多很多張，貼在很多地方。」

「Oh my God！你沒聽過影印機這東西嗎？你笨啊！你只要畫一張然後拿到書局影印，反正你的小雲是白色的，印出來又沒差。」

「對喔！」

「本來就對！然後上面要寫上你家的電話和地址，這樣很快就會有人跟你聯絡了。哇！小雲就快要找到牠的主人了，wonderful。」

影印機印出一張張一平畫的小雲的畫，上面寫著：尋找小狗，還有一平家的電話號碼和住址。

「好了，我們現在就去張貼吧！」小英說。

黑頭車停在路邊，一平和小英衝下車，跑到電線杆旁，把尋找

小狗的告示貼在電線杆上，然後又跑回車上。

黑頭車開了一會兒。

「那邊，停車。」

黑頭車停下，一平和小英又衝下車，把尋狗啟事貼在佈告欄上。

「希望這樣有用。」一平說。

「放心，我們貼了這麼多張，一定會有人看到的。好啦，我們再去看最後一隻棉花糖吧！現在只剩下牠了，一定會很寂寞。」

黑頭車停在寵物店前，小英和一平走到玻璃櫥窗前，櫥窗內只剩下一隻小狗縮在角落睡覺，看起來孤零零的。

「只剩下一隻棉花糖了。牠在等待牠的主人，可是如果棉花糖一直都沒人要呢？」小英說。

「那棉花糖就會跟小雲一樣，在這個玻璃窗裡長大。」

「然後呢？」

「長大後，真的沒人要了，就被送去鄉下的狗園。」

「然後呢？」

一平沒再說話，只是看著小狗。

小狗沉沉地睡著。

一平開門進來，直接就走到電話旁，坐著等電話，連魚都忘了餵。

淑芬正在準備餐具，看見一平一個人呆呆坐在客廳，問他：「怎麼那麼晚回來？一個人坐在那裡幹什麼？」

「有沒有我的電話？」一平沒有直接回答淑芬，反而問了一個奇怪的問題，讓淑芬覺得莫名其妙。

淑芬很奇怪地看著一平說：「你的電話？會有人打電話給你嗎？我記得我從來沒有接過找你的電話啊！喔！除了那個驕傲的孫小

英。」

「她才不會驕傲，妳根本不了解她。」

淑芬一聽覺得很有趣，想逗逗一平：「聽你這樣說，那你一定很了解她囉！你們是不是開始交男女朋友啊？」

一平一聽臉都紅了，說話開始結巴：「才……才不是，我們只是都喜歡小狗，一起去看小狗而已。」

「哇！原來幫你們兩人牽線的是小狗啊？哈哈哈，這還是我第一次聽到小狗當紅娘的。」

這時候電話鈴響了，一平連忙接電話。

「喂？……對！我是黃一平。」

淑芬在一旁吃驚地看著：「哇！真的有人找你啊？」

「真的？你看到了？在哪裡？……好，謝謝。」

一平放下話筒趕著出門。

「你要去哪裡？」

一平不理會淑芬的呼叫衝出門。

淑芬拿起電話旁的尋狗啟事看著：「尋狗啟事？搞什麼啊？」

天色有些昏暗了，一平在街上奮力跑著跑著，喘吁吁地跑到公園，左右張望。不遠處的籃球場有幾個男生在打籃球。公園裡除了大樹和花草，沒什麼人。

一平一邊走一邊左右看著，突然傳來小狗的哀叫聲，一平急忙

跑過去。在一棵樹下，有一隻白色的流浪雜種狗被綁著，牠用力掙扎著，但是徒勞無功，只能哀叫著。

「不是小雲啊！」一平失望地說。

一平看著那隻雜種白狗，白狗對他齜牙咧嘴狂吠著。

「不要害怕，乖，我來幫你把繩子解開。」

一平慢慢靠近，然後把白狗頸上的繩子解開，白狗立刻逃到一旁，回頭看看一平，搖搖尾巴，然後跑開。

公園的路燈漸漸亮起來，一平失望地慢慢走回家。

一平一回到家，爸爸和淑芬正坐在客廳等他。

「這是怎麼回事？」淑芬把尋狗啟事放在一平前面。

「找小狗啊！」

「你貼了多少張？」

「一百張。」

淑芬一聽張大眼睛說：「一百張？」

「嗯！」

「你都貼在哪裡？」

「牆壁、電線杆、公佈欄，就人多的地方啊！」一平突然興奮地說：「貼這個真的有用，剛剛我就接到一通電話說看到小狗，結果我跑過去看，不是，對方看錯了。不過貼這個真的有用。」

「你到處亂貼當然會有人看到，完了，這樣一來我看全社區的人都知道我們家在找狗了。」

「就是要很多人知道。」

「一平，」爸爸溫柔地說：「以前爸爸年輕的時候也養了一隻狼犬喔！那個時候就要五萬多塊！每天都要帶牠出去運動。後來有一天狼犬不見了！爸爸也是每天出去找，可是都找不到。後來我想這樣也好，因為動物天生就是喜歡自由的，對不對？」

「那可不一定啊！」淑芬說：「那要看是什麼動物。如果是獅子老虎這種野生動物當然是生而自由。可是一般寵物被人類養久了，如果隨便放出去那可是謀殺。像我一個同學竟然笨到把她家的兩隻小鸚哥放出去，還祝福牠們擁抱廣大的天空呢！結果三天後她在她家的陽台上看見那兩隻小鳥的屍體，哼！我那笨同學還幫那兩隻小鳥舉辦網路葬禮呢！真夠蠢的。」

「沒錯，」爸爸說：「像有些人會買一些魚啊、鳥啊、烏龜去放生，他們以為是在做好事，但其實卻是在殘害這些動物。」

「為什麼？」一平問。

「因為有些人根本不懂得動物的特性就亂放生，反而害了那些動物。像有人曾經把淡水魚和淡水烏龜拿到海邊去放生，結果那些魚和烏龜都死光了。」

「不只如此，」淑芬接著說：「有些魚啊鳥和烏龜其實都是國外的物種，結果被人類買來亂放，破壞了本土的生物環境，這才是可怕。」

「沒錯，我們在地的一些動物也因此滅絕了。」爸爸嘆氣說。

「叮咚！叮咚！」門鈴響了。

「我去開門。」一平興奮地跑去開門。

門一開，是鄰長。

「嗨，一平，你爸爸在嗎？」鄰長禮貌地問。

「喔！鄰長，請問有什麼事嗎？」一平爸爸上前說。

「黃先生你好，聽說你們在找狗啊！」

「對啊！你找到小狗了嗎？」一平期待地說。

鄰長手上拿著撕下來的尋狗啟事，晃一晃，說：「那這一定是你貼的？對不對？一平。」

「對啊！你怎麼把它撕下來？那別人就看不到了。」

「一平，你亂貼這些告示是不對的，要罰錢喔！」鄰長故意裝起嚴肅的表情，一平嚇得躲到爸爸身後。

「對不起！小孩子不懂事亂貼。很抱歉！」一平爸爸連忙道歉。

「黃先生，像你們這樣亂貼廣告，如果有人去環保局衛生稽查大隊告發的話，依照廢棄物清理法是要罰新台幣一千二百元以上，六千元以下罰鍰。」鄰長笑著問一平：「你看，這裡有十張，你算算要罰多少錢？」

一平小聲地說：「最少一萬多塊。」

「對，一萬多塊可以買好幾隻小狗了。」

「對不起，小孩子不懂事，我們現在就去把所有的告示撕下來。」

「嗯！一平，記得以後不可以亂貼喔！」鄰長拍拍一平的頭說。

一平點點頭。

「謝謝，麻煩你了。」爸爸送鄰長出門，然後轉身說：「好啦！我們現在就去把告示都弄乾淨。淑芬，妳待在家裡，等媽媽回來。」爸爸說。

「嗯。」淑芬點點頭。

「一平，你還記得你都貼在什麼地方嗎？」爸爸問。

「記得。我總共貼了一百個地方，現在被鄰長叔叔撕了十張，所以還有九十張要去撕。」

「嗯，數學不錯，走吧！開始工作了。」

家裡，淑芬正在電腦前上網，她把一平所畫的小雲的畫像輸進電腦，然後寄給自己的朋友，要大家一起來協尋。

這時候電話響了，淑芬接起電話。

「喂？你找黃一平啊？真的？你說小狗在哪裡？好，謝謝。」

淑芬掛了電話後立刻打給爸爸。

爸爸和一平正在路邊清除牆壁上的尋狗啟事，這時爸爸的手機響起。

「喂？淑芬啊？真的？在哪裡？好，我和一平過去看看。」

爸爸掛了電話，說：「剛剛姊姊說接到一通電話，說看到小狗，就在附近，等這裡弄乾淨了我們過去看看。」

「好！」

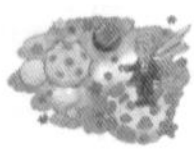

車子慢慢駛來。

「應該就是這裡了。」說著，爸爸停下車。

車子停在一個社區警衛室前面，兩人下車。一個中年警衛走出來。

「請問您有看到一隻白狗是不是？」爸爸問。

「就是你們要找狗的啊？」警衛說。

「是的。小孩的狗走失了，四處找。您剛說有看見是嗎？」

警衛指著前面的垃圾筒說：「對啊！就一隻白狗嘛！剛剛還在那裡翻垃圾筒。」

一平連忙跑過去。

「那白狗出現三四天了。」警衛說。

「已經三四天了？」

「對啊！三四天了。」

「可是我們的狗是昨天才弄丟的。」

「喔！昨天才丟的？那應該不是了。不過那一隻看起來也

是乾乾淨淨的，應該是有人養的。唉！現在的人啊，興致來了，想養就養，興頭過了，就到處亂扔，真沒公德心。」

「是啊！」

「這狗你們要趕快找到，要不然等變流浪狗了，全身都是病，很可憐。如果沒有病死的話，被衛生隊的人抓到也要安樂死。」

這時候不遠處出現一隻大型白色秋田犬。

警衛指著秋田犬說：「小朋友，就是那一隻，是不是你們走失的狗？」

一平搖搖頭說：「不是啦！我的狗是很小隻的貴賓狗。不是那麼大隻的。」

「喔！沒關係，反正也是白的，喜歡就帶回去養。」

「不用了，謝謝。」爸爸說。

「沒關係，我再注意看看，有其他消息再通知你們。」

「謝謝，那我們回去了。一平，我們走吧！」

一平和爸爸上車離開了。

車子停在一家超商旁邊。

一平一個人坐在車上發呆。

爸爸從超商出來，手上抱著些食物和飲料。

「來，吃麵包。要不要喝牛奶？」爸爸上車後說。

一平接過麵包，慢慢吃著。

「不錯喔！你今天才貼，就已經有很多人打電話來了。」

「可是都不是小雲。」

「嗯，明天應該會有更多人打電話來，應該會找得到。」

「不會啦！那些紙都被我們撕掉了，沒有人會看到的。」

「那我們可以把你的尋狗啟事拿給送報生啊！我們可以夾在報紙裡像廣告一樣分給每個人，這樣很多人都可以看到了。」

「真的？可是他們會不會拿去包東西？」

「在包東西以前還是會注意到的。」

「希望如此。」

一平咬了一口麵包，說：「爸，小狗如果養在小小的陽台上，會不會很可憐？」

「不會啊！小狗如果有個很愛牠的主人就會很高興了，小狗不會

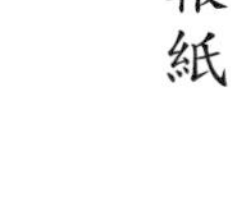

在意陽台的大小的。對不對？」

「喔！」

「而且你也會常常帶小狗出去散步啊？對不對？」

一平點點頭：「當然會啦！」

爸爸看著一平，說：「好，那我們現在就去買狗。」

「真的？」一平驚訝的抬起頭。

「嗯，不過你要答應爸爸會好好照顧小狗，要不然你姊姊可會發瘋了。」

「一定會。」

「好！那我們現在就去買小狗。」

「牠叫棉花糖。」一平高興地大喊：「棉花糖，我們來了！」

小貨車停在寵物店前，一平衝下車。

他跑到玻璃櫥窗前，不過櫥窗內空空的，已經沒有小狗了。

一平頭低低的和爸爸回到家。一進門他就坐在沙發上不說話。

淑芬走過來問：「弟弟怎麼了？」

爸爸嘆口氣，說：「唉！好可惜，剛剛帶一平去買棉花糖，我們去晚了，老闆說剛剛才賣掉而已。」

「棉花糖有什麼好吃的？都是糖分和熱量，買不到正好。」

「棉花糖是那隻小貴賓狗。」

「喔！」淑芬吐吐舌頭，說：「就是那隻最後剩下來的小狗喔？不過小狗應該會過得很好吧！牠那麼可愛，主人一定會很喜歡牠的。反正我們沒庭院，應該也不適合養狗。對不對？」

一平沒有回答，依然呆坐著。

「一平，你今天忘了餵魚。」淑芬說。

「喔！」一平慢吞吞地站起來，走到魚缸邊，拿起魚飼料，倒進

去。

一平看著五彩的魚兒高興地游著爭食，不過自己的心裡卻很沮喪。

這時從魚缸後露出一隻小狗。一平瞪大眼睛。

「Surprise！」媽媽抱著小白狗從魚缸後面冒出來，笑著說：「一平，記不記得媽媽答應要買小狗給你？你看！是小貴賓，漂不漂亮？那個寵物店長還說這是最後一隻了，剛好就是要留給你的喔！」

一平抱著小狗愉快笑著。

深夜，一平躺在床上睡著，這時傳來小狗嗚咽的聲音。

床邊有個紙箱，一隻小狗正試圖爬出箱子。

一平慢慢坐起來，看著箱子裡的小狗，小狗無辜地叫著。

一平下床，抱起小狗，把小狗放在枕頭邊。小狗舔著一平的臉頰，一平笑了起來。

「棉花糖，你會不會想媽媽？不知道媽媽現在在哪裡？不過你放心，媽媽不在了，我會好好照顧你的。乖！睡覺了。你知道嗎？你跟小雲長得好像。對了，我把你改名叫小雲好不好？這樣你長大以後就會跟你媽媽一樣漂亮，小雲。」

# 9 一平和他的小狗的流浪旅程

「王老師！王老師！」黃一平的爸爸和媽媽匆匆忙忙衝進教室，呼喚著一平的導師。教室內正在上數學課，黃一平父母的這個舉動引起教室內一陣騷動。

「那是黃一平的爸爸和媽媽嗎？」

「好像是耶，他們好像很少來接黃一平啊！」

「對啊！我從來沒看過他們。原來他們長這個樣子啊？」

「我覺得黃一平比較像媽媽。」

「像爸爸。」

「我覺得兩個都不像。」

同學們嘰嘰喳喳討論起來。

「各位同學安靜，老師出去跟黃一平的父母談事情，班長管理秩序。」

「是！」班長說。

王老師把黃一平的父母引導到操場邊的花圃，三人坐下。

剛坐下，一平母親立刻緊張地問：「老師，我們在家附近都找過了，都沒看見一平。他真的沒在學校嗎？」

「嗯，早上第一堂課點名的時候沒看到黃一平，那時候就全校廣播過了，同學也都問過了，他們都說從早上就沒看到黃一平，所以我就立刻打電話給你們，看一平是不是還在家裡。」

「他早上吃了早餐就上學去啦！」一平的爸爸說。

「真的？你確定？」一平的媽媽質問爸爸，口氣很不好：「你親眼看到一平背著書包離開家？」

「沒有！我沒有親眼看見好嗎？那時候我在陽台整理蘭花。我只聽到關門的聲音。」一平的爸爸口氣更不好。

「蘭花？你整天只會弄你的蘭花，孩子你都不管了？」

「蘭花跟孩子有什麼關係？妳不要扯東扯西的。」

「什麼叫扯東扯西？你的心裡就只有你的寶貝蘭花，不是嗎？你一年三百六十五天有兩百天都躲在山裡跟你的蘭花在一起，你有想過孩子嗎？你有負起做爸爸的責任嗎？」

「那妳呢？大半年都待在國外，家裡丟著不管，妳又負起做媽的責任了？」

「我在國外又不是去玩，以前我們還沒結婚的時候我就是常到國外去的不是嗎？當初不也說好了結婚之後我還是可以繼續我的出國生活？」

「那是還沒有孩子的時候，妳愛怎麼跑愛怎麼追求自己的生活我都沒有意見，可是妳做母親後難道不能委屈自己？」

「那你為什麼不委屈自己不往山上跑？」

「我——那是我的工作。」

「那我就不能有自己的工作嗎？我就必須要被綁在

家裡嗎？老師，妳也是在工作的女性，妳說，我們女人就應該待在家裡相夫教子嗎？」

「喔——當然不是。」老師有些尷尬地說：「現代社會女性也是有自己工作的權利的，所以家庭和孩子應該是由夫妻兩人共同來經營。」

「你聽到沒有！家庭和孩子應該是由夫妻兩人共同來經營的。不是只有我的責任。」

「這正是我要對妳說的。」一平爸爸說。

「你是說我沒有為孩子付出嗎？每次我回來不是都跟孩子分享我在國外的故事和心情？」

「孩子們需要的不是只會跟他們說故事的作家，他們需要的是一個關心他們的母親。妳自己看看一平變成什麼樣子，整天只會跟狗說話。」

「當初說孩子應該要有狗來陪伴的是誰？現在孩子變成跟狗說話的怪胎也要怪我？」

「怪胎是妳說的。」

「是你！」

「怪胎？」老師愣了一下，說：「你們跟一平說他是怪胎？」

一平爸爸和媽媽相對無語。

小雲，剛剛爸爸和媽媽又吵架了，都是我害的，因為我一直和你說話，他們還說我是怪胎。

跟小狗說話是怪胎嗎？我也和魚說話啊！不過跟你說話比較好玩，因為跟你說話你好像都聽得懂，會跟我搖尾巴，跟我笑，魚就不會了，只會一直吃飼料，一直吃一直吃，都不理我。

小雲，真是好奇怪啊！當初你來到家裡的時候，大家不是都很高興的嗎？怎麼後來都不一樣了？爸爸和媽媽每次吵架都會提到你，不過你不要難過，因為其實在你來我家之前他們就常常吵架了，就像姊姊說的，你只是他們吵架的一個藉口而已。

唉！小雲，原來有了小狗，家庭並不會真正變得幸福啊！

那真正幸福的家庭是什麼樣子呢？

小雲，以前你和媽媽一起住在寵物店的玻璃櫃裡面的時候幸不幸福呢？雖然說那裡有點小，不過我看你和媽媽還有兄弟姊妹都很愉快的樣

子，不是嗎？所以說，家大不大沒關係，最重要的是一家人要相親相愛才會幸福。

不知道住在像我畫的雲的家是不是就會真正幸福呢？

對了，小雲，我們現在就去尋找雲的故鄉好不好？我們去看看住在雲裡面會不會得到真正的幸福。

老師說過，一個理想幸福的家要靠自己努力去完成，可是我都沒看過那個理想幸福的家要怎麼去努力呢？對不對？

走吧！小雲，現在我們來開始收拾背包，去尋找雲的故鄉。要收拾什麼呢？錢！這是一定要的，所以撲滿要帶著。還有衣服，因為山上一定會很冷，還有你的食物，狗罐頭，還有什麼呢？

「吃飯了。」淑芬把三副碗筷擺好，呼喚爸爸和媽媽吃飯。不過沒有人回應。

淑芬走到客廳，媽媽正在跟警察講電話：「黃一平，對！下午我們有去報過案，不知道有沒有什麼消息？——那要等多久？——」媽媽語氣突然變得很焦躁：「我怎麼知道他會去哪裡？就是不知道他去哪裡才要拜託你們幫忙找的啊！——」

淑芬走到陽台，爸爸正在整理蘭花。

「爸，吃飯了。」

「你們先吃，我再整理一下。」

淑芬依然站在爸爸旁邊沒有離開，過一會兒，爸爸抬頭看看淑芬。

「我不餓，等一下再吃，妳餓了先吃。」

「我也不餓。」

爸爸嘆口氣，看著遠方，說：「早知道我應該常常回來的，一平也不會變成這個樣子。」

「或是像很久以前一樣，你載著媽媽和我和弟弟，一起擠在小貨車的前面到山上去，找蘭花、種蘭花。真的，有時候我會想，如果我們能夠跟以前一樣，一起到山上去，也許現在就會不一樣了。」

「可是你們都長大了，車子坐不下去了。」

「那只是藉口，如果真的想的話會去不成嗎？」

爸爸依舊看著遠方，沒有回答。

遠方的夕陽把天空染成橘紅。

淑芬看著夕陽，說：「爸！你在山上看的夕陽應該會更清亮透澈吧！」

「嗯！」

「我也好想去看。」

這時候媽媽也來到陽台，她看起來很疲憊，嘆口氣說：「警察那裡也沒有消息，還要我們多用心找找，聽他的口氣好像孩子不見了都是大人的責任。」

「本來就是我們沒有負起責任，一平才會這樣。」

「唉！以前一平是很乖的，出門的時候都不吵也不鬧，跟其他的孩子都不一樣，特別乖巧，怎麼現在他會變這麼任性？淑芬，我們不在的時候妳是怎麼教一平的？」

「我什麼都沒教他，弟弟本來就是怪胎一個。」

「妳怎麼這樣說妳弟弟。」媽媽生氣地說。

「本來就是，其實你們都看得出來，只是不願意去承認。妳看現在的家庭哪一個不是或多或少有問題？可是別的小孩子有像弟弟一樣的嗎？隨隨便便就離家出走，讓大家為他擔心，真是太自私了。」

「弟弟他還小，不懂事。」

「問題就出在他一直都那麼小，心智沒有跟著年紀一起長大，所以他一直活在自己的象牙塔裡。」

「妳是說一平有自閉症？」爸爸擔心地問。

「自閉？還沒到那程度，人家自閉症是有一定判定標準的，這些我都上網查過了，所以不要說我沒關心過他。弟弟只是個性比較內向，人際關係薄弱。」

「那要怎麼辦？」爸爸問。

「怎麼辦？問你們啊！教育小孩子不是你們做父母的責任嗎？」

「一平有這種問題妳為什麼不早一點告訴我們？」媽媽說。

「怎麼說？打衛星電話給在山裡的爸爸？還是e-mail給在國外的妳？」

「反正妳早一點說一平就不會這樣子了。」

淑芬一聽頓時覺得很委屈，眼淚就快要流下來了：「拜託！你們不要把孩子教育失敗的責任推到我身上好不好？做一平的姊姊我自問我已經對得起他和我自己了。問題是你們呢？一個往山裡跑，一個往國外跑，你們都在逃避！而現在竟然還怪我沒有教好一平？我才十六歲啊，你們知道嗎？」說著淑芬的眼淚終於奪眶而出。

「淑芬，好了，別哭了，爸爸知道了。」爸爸拍拍淑芬的肩膀，卻被淑芬一把推開。

「算了！反正你們多花心思在弟弟身上，不用管我！你們不在家的時候我不是一樣過得好好的！」淑芬不理會爸爸的安慰，轉身進入屋內，跑進臥室，關上門，趴在床上痛哭起來。

小雲，我們現在睡在公園裡，好像那個苦兒流浪記喔！我跟你說苦兒流浪記的故事，故事是說，從前有一個男孩子，他帶著三隻狗和一隻猴子要去找媽媽，不過這三隻狗和猴子不是普通的狗和猴子喔！因為牠們都會耍一些把戲，牠們會雙腳走路、跳圈圈，還會跳舞。對了！其中一隻狗跟你一樣也是貴賓狗喔！牠會跳得很高，還會和猴子跳舞，你應該不會吧？他們就這樣一邊表演賺錢，一邊流浪找媽媽，最後他終於找到媽媽了。

啊！小雲，你看！那裡有三隻流浪狗，牠們在垃圾筒找食物。跟你說喔，牠們三隻狗我都認識，那隻黃色的，牠叫小黃，本來是對面賣水果的他們養的，後來他們搬家了，卻沒有把狗帶走。那隻黑白狗，我都叫牠乳牛狗，因為牠身上的黑白斑點好像乳牛喔！乳牛狗本來是我家樓下鄰居養的，可是因為他們生了小孩，說怕乳牛狗會傳染病菌給小孩子，所以就把乳牛狗放出來。跟你說喔，乳牛狗住在我家樓下的時候是黑白分明，很漂亮的，不像現在，白色的地方都變成灰灰的了。還有黑色那隻叫小黑，牠可是名貴的黑色拉布拉多喔！牠是上個月才出現在這個公園的，你看小黑走起路來一跛一跛的，牠不是因為車禍喔！姊姊說這是因為近親交配的關係，因為狗狗養殖場一窩蜂的繁殖，結果近親交配出現了基因不正常的遺傳病，所以腳就跛了，我猜小黑就是因為這樣才被主人丟掉的。唉！真是可憐，還好牠們在一起可以互相幫助。

不過也不是每個人都歡迎牠們，有些人看到牠們就會趕牠們，說這些流浪狗很髒，有病菌。可是這也不是牠們自己想當流浪狗的啊！對不對？還不是因為牠們的主人遺棄了牠們。要不然誰想當流浪狗呢？

不過爸爸說，有些狗狗也是會希望自由的，牠們喜歡自由自在的當隻流浪狗，也不願意被人類關起來養著，是真的嗎？小雲，你長大以後會不會也會希望自由呢？要不然等我們長大了，我們一起去流浪好不好？跟爸爸一樣到山上去，要不然跟媽媽一樣到國外去。對！就這樣決定了，長大以後我們一起去流浪。

啊！小雲，你看天上的星星，好少喔！這是因為空氣污染的關係，城市裡面因為灰塵多，加上很多汽車和工廠排出的廢氣，所以空氣髒髒的，星星都被遮住了。我跟你說喔！以前爸爸常常會帶我們一家到山上去找蘭

花，晚上的時候，一抬頭，哇！滿天都是星星，好多好多喔！明天我們就要去山上了，去看雲，還有星星。

小雲？你睡著了？好吧！我也要睡了，晚安，抱著你好溫暖。

小雲，你放心，我會對你負責的，我會照顧你一輩子，不會讓你變成流浪狗的。

「孫小英，妳跟老師出來一下，班長管理秩序。」

「是！」班長說。

小英跟著老師在走廊上走著。「老師，黃一平回家了沒有？」

「還沒有。」

「哇！他真的離家出走了。真酷！」

「孫小英，不要亂說話。」

「喔！」

小英跟著老師進入辦公室，一平的爸爸和媽媽正坐在裡面等著。

「黃先生，她就是黃一平的好朋友，孫小英。」

「應該是唯一的朋友吧！」小英說。

老師瞪了小英一眼，說：「小英，他們是一平的父母，一平現在不知道去哪裡了，他們很擔心。」

「報警了嗎？」小英問。

「孫小英！」老師制止小英再問下去：「妳先聽老師說完，有導護老師說，前幾天放學後妳都和一平在一起是不是？」

「對啊！他帶我去寵物店看小狗。」

「那一平有沒有跟妳說什麼？」一平的媽媽緊接著說。

「沒什麼，因為大部分都是我在講話，他只會喔喔喔這樣。」

「那妳都說什麼？」老師緊張地問。

「跟他說小王子的故事。」

「小王子？」一平爸爸說。

「對啊！小王子有一天在自己的星球住膩了，就到其他星球去流浪，還遇到很多有趣的人物。」

老師一聽變了臉色，說：「妳怎麼可以跟他說這個？」

「為什麼不可以？小王子是很棒的故事啊！——啊！我知道了，黃一平一定是跟小王子一樣去流浪了。」

「不要亂說。」老師斥責小英。

「那妳知道一平會去哪裡流浪嗎？」一平爸爸急著問。

「這我倒要好好想一下，他會去哪裡呢？」

小英皺著眉頭想著，然後抬頭思考，這時窗外朵朵白雲飄過。

「啊！我想到了。」

「想到什麼？」老師問。

「黃一平應該是去那裡了，不過我還要確定一下。」小英看起來一副神探柯南的樣子。

「要確定什麼？」一平媽媽問。

「黃一平離開家有帶小雲嗎？」

「小雲？」一平父母親對看一眼。

「小雲是誰？讀哪一班的？」老師問。

「小雲是黃一平的小狗，本來叫棉花糖，後來為了紀念牠的母親小雲，所以黃一平就把棉花糖改名叫小雲。」

「真的？」老師疑惑地看著小英。

「是真的，不然老師你問他們。」

「對，小雲是一平的狗，不過我不清楚——最近有沒有看過小雲，沒印象，你呢？」一平媽媽問爸爸。

「我也搞不清楚，這狗好像——幾天沒見過了吧？」一平爸爸說。

「什麼？」小英大聲質疑：「你們連家裡的狗是不是失蹤了都不知道？」

「我們急著找一平根本沒有注意到小狗。」一平爸爸說。

「可是小狗對黃一平來說是很重要的。」

「好了，小英，妳到底知不知道黃一平會去哪裡？」老師壓抑著情緒說。

「如果連小雲都不見了那我就很確定黃一平去哪裡了。」

「去哪裡？」一平媽媽急著問。

「去山上找雲的家。」小英堅定地說。

「山上？」一平媽媽說。

「雲的家？」一平爸爸說。

「對啊！老師妳記不記得有一次妳要我們畫我的家庭？」

「沒錯！那又怎樣？」

「那一次黃一平畫什麼？」

「又是狗。」老師無奈的說。

「狗？」一平媽媽說：「我的家庭為什麼會畫狗？」

「一平幾乎只會畫狗。」

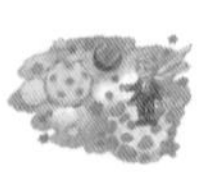

一平父母驚訝地互看一眼。

「沒錯！而且他畫的狗畫得很棒。」小英說：「不過重點是黃一平把小狗畫在哪裡呢？」

「快說重點！」老師有些不耐煩了。

「雲！」小英篤定地說：「黃一平畫了一張在雲上奔跑的小狗，他說，他希望自己能夠住在雲上，自由自在的跟小狗一起生活。所以，根據我的推理，黃一平一定是帶著小雲到山上去找雲的家了。」

「可是山那麼多，是哪座山呢？」老師急著說。

「我想，我應該知道一平去哪裡了。」一平的爸爸看著媽媽說。

媽媽點點頭。

小雲，還好，平常我都有儲蓄的習慣，都會把零錢存進豬公裡，你聽，裡面是不是有很多錢，應該夠我們坐火車到山裡的車錢吧？

讓我們把豬打破吧！來看看裡面有多少錢。

十、二十、三十——這裡是一百，然後——這裡一百——三百——還有六十五，總共是三百六十五塊。我買半票，小狗抱著不用座位應該不用錢，所以坐到山上應該夠了。

小雲，等一下我們就要去坐火車囉！你坐過火車嗎？應該沒有吧！因為你一生下來就一直在寵物店，所以應該沒坐過火車。啊！我想到了，山那裡沒有火車啊！因為山是在南投縣，跟你說喔，南投縣是台灣唯一不靠海的縣喔！也沒有縱貫鐵道經過，所以我們應該是先坐火車到台中，然後再坐公車到南投山上。你放心啦！我不會迷路的，因為媽媽有帶我走過。

以前爸爸在山上找蘭花，很久沒有回來，媽媽就會帶我坐火車去山上找爸爸，所以這條路我很熟的，放心好了！好了，我們現在去買火車票吧！

「淑芬！」淑芬剛出校門就聽到媽媽的聲音，不過淑芬左右張望就是看不見媽媽。

「淑芬！我在這裡！」

淑芬順著聲音看過去，這才發現媽媽站在一輛陌生的休旅車旁對她猛揮手。淑芬跑過去。

「來！快上車。」媽媽打開車門坐了上去。

「這是誰的車啊？」

「我們的。」

淑芬一看，爸爸正坐在駕駛座上對她微笑。

「這是我們的新車？」淑芬不可置信地說。

「對啊！上次不是說好要全家一起到山上去？就跟以前一樣，所以爸爸就去訂了這輛車。怎樣？」

「好像在作夢喔。」淑芬撫摸著新的皮椅說：「感覺很不真實。」

「這是真的，以後我們就可以常常到山裡去了。對不對？」爸爸對媽媽說。

「嗯！」媽媽笑著點點頭。

「是嗎？」淑芬疑惑地說：「那我們現在要去哪裡？」

「去山上。」爸爸說。

「現在就去？不管弟弟了？」淑芬緊張地說。

「妳弟弟就在山上。」媽媽說。

「山上？」淑芬想了一下，笑著說：「對啊！我早該想到的，他應該會去山上。感謝黃一平的逃家，讓我下午可以不用上那討厭的數學課，還可以利用這機會到山上去走走，哈利路亞！」

「看起來弟弟逃家妳很高興是不是？」媽媽說。

「媽，妳放心，我沒有雅各症候群，對自己的兄弟會心存嫉妒，我只是認為弟弟逃家這件事情塞翁失馬焉知非福，就像現在，竟然可以坐著新車去山上。沒錯，根據醫學研究統計，確實手足間會有猜忌和競爭之類的事情發生，不過妳放心，這絕對不會發生在我身上。」

「這我們知道，妳對弟弟是很用心照顧。」爸爸說。

「也沒有很用心啦！只是己所欲施於人而已。像弟弟常常吃披薩不吃水果，我就會逼他喝我特調的養生精力湯，那是因為我自己也要喝啊！所以順手多弄一份而已。」

「有這個心就很好了。」

「我是怕他到時候便秘大便大不出來，麻煩的還是我。」

「哈哈哈！」爸爸和媽媽聽了笑了起來。

看到爸爸媽媽笑得這麼開心，淑芬真的也想跟著一起笑，不過她一點都笑不出來，因為這一切來得太快，太夢幻了，讓淑芬有一種身處處幻飄渺的感覺。

小雲，你看！窗外的風景是不是像飛的一樣？火車真的跑得好快好快喔！讓人有一種自由的感覺。

跟你說喔！我最喜歡坐火車了，坐火車有一種去流浪的感覺，因為一坐上火車就會到很遠的地方，好像再也不回去了，電影都是這樣演的。

小雲，你真的好乖喔！都不會亂吵亂叫，跟我一樣。以前媽媽說她最喜歡帶我出門了，因為我都很乖，不會吵鬧，不會像其他孩子一樣吵著要吃零食和買玩具。

不過姊姊說她寧願我壞一點、吵一點，也不要不說話。有一次她說我都活在自己的象牙塔裡，我跟她說我哪有象牙塔？因為我知道象牙是很珍貴受到保護的，是不可以買賣的。姊姊聽到我說我沒有象牙塔，她一直笑，叫我自己上網去查什麼是象牙塔。我上網去查，才知道原來象牙塔是指一個人不切實際，活在自己幻想的世界裡。

所以這一次我要走出象牙塔，去找雲的故鄉，然後把這過程跟姊姊講，讓姊姊大吃一驚。還有，回去以後也要跟小英說我們這次出來冒險的情形，她一定會很羨慕，因為她平常都要補習，一點自己的隱私權都沒有，真可憐。

唉！難怪小英那麼喜歡小王子，因為小王子可以自由自在的到處去流浪旅行啊！對！回去以後一定要跟小英說我們的冒險故事。

啊！賣火車便當的來了。小雲，跟你說，坐火車就一定要吃火車便當，這樣更有流浪的感覺。我看看錢夠不夠——買了便當後應該夠我們坐公車吧！好，我們就買一個火車便當吧！

車子在蜿蜒的山路盤旋而上。

「這休旅車的爬坡力真不是蓋的，好平順。」媽媽對這輛新車讚不絕口。

「是還好啦！不過以前那輛小貨車也不錯啊！」爸爸說。

「會嗎？感覺好像隨時都會熄火一樣。」媽媽說。

「對啊！那時候好怕熄火以後要下去推車。」淑芬跟著應和。

「那你們真是對車子太不了解了，那輛小貨車這幾年跟我上山下海都不喊累，實在是耐操又實在。至於這輛休旅車呢？唉！我看以後的保養費就很可觀了。」

「這就是享受高級車的代價啊！」淑芬說著嘆口氣：「唉，原來幸福真的是可以用金錢買來的。」

「啊！那棵樹還在，還有竹林，真是好懷念啊！」媽媽欣賞著沿路的風景。

「我怎麼覺得我們好像對弟弟離家出走都不擔心了。」淑芬說。

「因為知道他會去哪裡就安心多了啊！」爸爸說。

「爸！你真的確定弟弟會去那裡？」

「嗯！」爸爸點點頭。

「為什麼？」

「因為那裡是雲的故鄉。」

雲的故鄉？什麼時候有了這名詞？

淑芬看著窗外翠綠的竹林，心裡想——

那我的故鄉又在哪裡？

「啊！前面好像有車禍。」媽媽說著。

前面有一輛公車在急轉彎處會車，但卻和對面來車有了小擦撞，兩位駕駛正在路旁理論。

「是公車！一平會不會在那公車上？」媽媽說。

「那是回程的車子，一平不會在車上的。」爸爸說。

「也許弟弟就是坐那車上山的喔！」淑芬說。

「那我們去問問看。」

爸爸把車子停在路邊，然後下車往公車駕駛走去。

「對不起，請問，今天你有沒有載到一個男孩子？」爸爸問。

「男孩子？有幾個啊！你說哪一個？」司機回答。

「他帶著一隻白色的狗。」媽媽說。

「啊！有！」公車司機說：「有個小男孩抱著一隻白狗，一路上還跟狗講話呢！真有趣！」

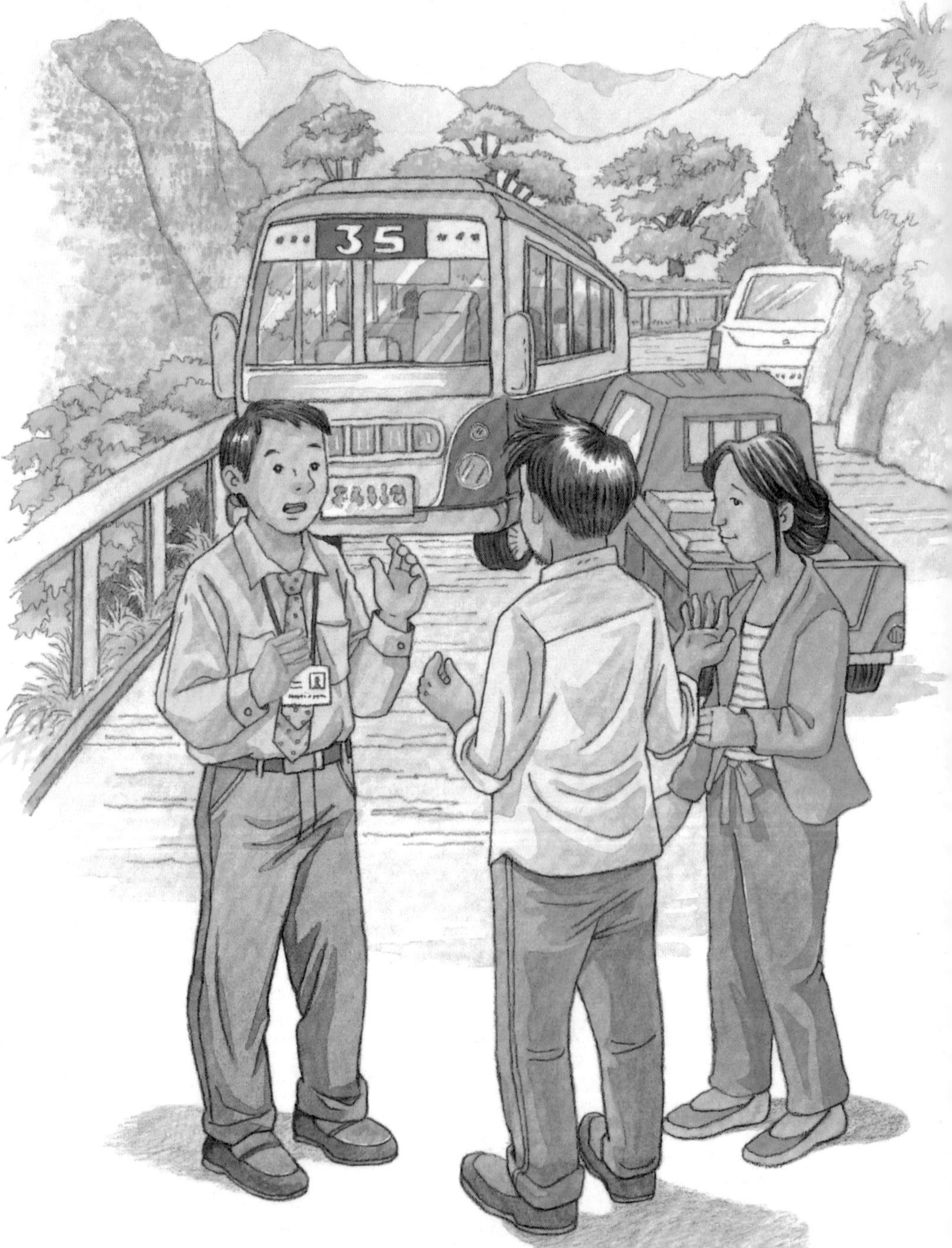
35

「真的？他在哪裡下車？」媽媽急著問。

「他就在前面一條產業道路交叉口下車，我還問他真的要下車，他說就是那裡，他很確定。」

「真的？謝謝！快！我們快上車。」媽媽催促著。

「沒錯！那條產業道路進去就是一片蘭園，以前我們常去那裡，沒想到一平真的還記得。」爸爸說。

「沒想到弟弟不僅喜歡狗，連記路的功夫都跟狗一樣的厲害。佩服佩服！」淑芬說。

「開快點。」媽媽焦急的說。

「不要急，那條路進去後沒有叉路，一定很容易找到他的。」

小雲，你看，這是黃藤，剝開外皮，裡面的心可以拿來燉排骨湯，清

涼降火氣，味道跟竹筍有點像喔！還有，這是鳳尾蕨，可以拿來煮，放點砂糖就會變成很好喝的青草茶。這是另外一種蕨類，叫腎蕨。你一定會覺得很奇怪，為什麼叫腎蕨呢？別急，我會告訴你為什麼叫腎蕨。你看！把這蕨類拔起來，哇！你看到沒有？它的根部有幾個橢圓形的球，形狀像不像小小的腎？喔！你沒看過腎喔？告訴你，真的很像喔！書上還說這裡面有很多水分，口渴的時候萬一沒有帶水壺的話就可以挖這小腎蕨來吃，可以補充水分。它吃起來什麼味道？很像馬鈴薯。所以我想其實應該也可以叫馬鈴薯蕨。

啊！小雲，小心不要過去那裡！那裡有咬人貓！

小雲，我跟你說喔，山裡面有兩種貓——不對啦！應該說山裡面有兩種叫貓的植物，一種叫咬人貓，它不是真的會咬人，不過它的葉片上面有刺刺的毛，被刺到的話就會又痛又癢，就好像被咬到一樣，你要特別小心喔！見到咬人貓要躲遠一點。萬一被咬到的話趕快去找姑婆芋，用汁液塗一塗就好了，其實姑婆芋也是有毒的喔！這叫以毒攻毒。還有一種貓叫過貓，過貓就是一種好貓喔！過貓是一種蕨類，我記得以前和爸爸一起上山的時候，爸爸都會到他的原住民朋友家吃飯、聊天，他們就會用滾水燙過貓，然後加上一顆黃黃的蛋黃，一點醬油，攪一攪，滑滑嫩嫩的，好好吃喔！——哇！哈哈，小雲，嚇到了吧，對不起啦，以前我跟姊姊一起爬山的時候，我都會這樣躲起來嚇她，每次她都被我嚇到，好好玩喔！不知道姊姊現在怎樣了？

一進入產業道路，淑芬一個人往前走，把父親和母親拋在後面。

「淑芬，慢一點，這裡就一條路弟弟不會迷路的。」媽媽在後面喊著。

哼！說要快點找到弟弟的是媽媽，說慢一點的也是她，她到底想怎樣？淑芬當然沒有理會母親，繼續一副義無反顧的樣子往前衝。

雖然說是同一條路，不過淑芬覺得還是和以前不一樣。路變寬了，可能是來山上的人變多了，登山客踩踏出來的。還有，路邊樹上那一條條黃色的登山識別塑膠條越來越多了，活像整棵樹都被噴滿了骯髒的濃黃鼻涕。還有被塞在路邊腎蕨裡的衛生紙，甚至還有保特瓶插在樹枝上。這裡是怎麼了？爸爸看見了一定很難過吧，他是如此喜歡這裡。

淑芬對這裡倒沒有像爸爸和弟弟那樣存有什麼特殊情感。沒錯，以前是和爸爸媽媽來過幾次。但到底是幾次呢？認真去想卻也想不起來，反正只記得來過就對了。

淑芬一向喜歡走在最前面，她向來如此。小時候跟爸爸媽媽和弟弟上山她都是一馬當先，理由是她不喜歡聞別人的味道。

這是她的潔癖。來到山上不就是該聞森林清新的芬多精、濕潤的腐植質氣味，還有偶爾吹送過來的花味——不管是香花還是臭花，

她都喜歡。可是要她來到森林還要走在人後聞著他人的汗味、菸味、香水味，淑芬覺得乾脆讓她窒息死掉算了。所以不管是登山還是排隊，她總是要當第一。只為了給自己一個乾淨的空間。

而小時候這個簡單的堅持卻總是被弟弟給破壞。淑芬還記得，就在這條山路上弟弟常常跟她爭第一，他總愛跑在最前面，然後示威一般的回頭大聲叫著：「姊姊走快一點！姊姊走快一點！」然後像風一樣跑掉，留下一股小孩子特有的汗酸味。要不就會像個頑皮鬼一樣躲在前面那個轉角，然後等淑芬靠近了，就突然跳出來「哇！」一聲嚇她，然後笑嘻嘻地跑掉。

真是討厭鬼！淑芬心裡總是這樣罵著。而爸爸和媽媽則在後面愉快笑著，說：「一平，不要再這樣逗姊姊了。」

現在淑芬循著弟弟的腳步來到這熟悉又不太熟悉的山路，已經聞不到弟弟熟悉的味道，但是弟弟是不是會像以前那樣，在前面那個轉角突然跳出來大叫「哇！」呢？

真希望這一切都只是弟弟的玩笑——

不知道弟弟現在怎樣了？

# 10

# 一平和他的家

啊！小雲，你看，這裡的風景好漂亮喔！

小雲，你跑慢一點啦！這裡很高，空氣很稀薄，你跑這麼快會喘不過氣來的。

啊！好累啊！我要躺下來休息一下了。

這裡好安靜啊！只有風聲，還有鳥叫，和小蟲唧唧的聲音，可是雲在移動卻一點聲音都沒有。

哇！我抓到雲了，雲就在我的身邊啊！原來這就是雲的感覺，和從山下看雲完全不一樣啊！在山下看的雲，好像是ＱＱ的棉花糖，而山上的雲就像煙一樣，會跟你玩捉迷藏，還會圍繞在你身邊，擁抱著你。

小雲，我們去那邊好不好？那裡剛好有一個突出去的地方，站在那裡看下去一定很刺激。

哇！這懸崖好高喔！小雲，你要站穩喔！這裡風好大喔！整個人好像要飛起來一樣。

小雲，你看，雲飛過來了。就在我們的腳下，看起來好像一張軟綿綿的毛毯喔！躺在上面一定很舒服。

小雲，要是我們這樣跳下去，跳到那雲上，雲就會帶我們去很遠很遠的地方嗎？

啊！我好像要掉下去了。

「爸！你看！」淑芬指著前面的懸崖驚叫著。

在高聳的懸崖上，一平抱著小雲，正在凝視著前方那一大片潔白的雲海，看起來好像他整個人就要掉進那雲海一般。

「一平！」母親大聲叫著。

「小聲一點，不要嚇到他。」爸爸緊張地說。

「那——現在怎麼辦？偷偷過去抱住他？」淑芬小聲地說。

「不好！萬一要是抱不好重心不穩，兩個都會掉下去。」媽媽說。

「都是我不好，平常弟弟在胡思亂想的時候我就應該制止他，把他拉回現實，這樣他現在也不會來到山裡找什麼雲的故鄉。」

「不，是我，是我不好，一直不在家，老在國外流浪，一平是跟我學的。」

「唉！我應該多關心一平的，應該跟以前一樣，帶他一起出來，我們一家人應該一起來山上的。」

「啊！一平在看我們這裡。」媽媽緊張地說。

一平抱著小雲，正看著遠處的他們。

「一平！你不要動，爸爸現在過去接你。」爸爸大喊。

但是從懸崖下捲起的山風太強大了，一平根本聽不到爸爸在說什麼。

「喂！」一平往爸爸方向靠近，大聲喊著。

「小心啊！不要亂動。」媽媽喊著。

不過一平看見爸爸和媽媽，興奮地跑過來。

母親一把緊緊抱住一平，激動地說：「啊！一平，還好你沒事。」

「你們怎麼會來這裡？」一平喘著氣問。

「還說，還不是因為你。」淑芬生氣地責怪一平。

「淑芬，別說了，找到就好。」爸爸說。

「沒事就好。」媽媽抱著一平說。

一平掙脫開媽媽，說：「我很好啊！我和小雲一起來找雲的故鄉，你們看，這裡是不是很漂亮？跟我夢裡的一模一樣。」

「對！很漂亮，難怪你爸爸都喜歡往山上跑。」媽媽瞪了爸爸一眼。

「以後我也要常跟爸爸一起到山上來。」

「好，我們一起來。」爸爸紅著眼眶說。

「媽媽也可以來山上找新書的靈感啊！對不對？」

「嗯！」媽媽點點頭。

「哇！好棒啊！小雲，以後我們可以常常來山上看雲了。」說著，一平抱起小雲，說：「走吧！我們回家吧！」

「回家？」淑芬不敢相信自己的耳

朵。

「對啊！我們趕快回家。」媽媽滿心喜悅地說。

「為什麼要回家？」淑芬疑惑地說：「你不是為了想住在雲裡才逃家的嗎？」

「淑芬，不要說了。」爸爸斥責淑芬。

「對啊！一平要回家就好了，回家再說。」媽媽在一旁應和著。

「什麼回家就好？我不要！」淑芬猛然轉身，氣呼呼地走到一旁，面對著那一片美麗的雲海，說：「我不要回家再說，回到家什麼都不說了。」

「那妳想說什麼？」媽媽問。

「我——我不知道。我不知道要怎麼說，這要問你們啊！」

「問我們什麼？」

「問說我們的家為什麼會變成這個樣子？」淑芬大聲地說，頓時整個山谷充滿了回音：「會變成這個樣子！——會變成這個樣子！——會變成這個樣子！——」

「淑芬——」爸爸欲言又止，然後嘆口氣：「唉——」

一平走到淑芬旁邊，拉起她的手，說：「姊，我是很想住在雲裡啊！可是老師說，那只是一種理想幸福的家啊！不是現實的。姊，妳不是說我都活在自己的象牙塔裡嗎？妳放心，我會走出象牙塔，努力讓理想實現，讓美夢成真的。」

淑芬看著弟弟，輕輕地說：「美夢成真？」

「對啊，我看過一本書上說過，人類因為夢想而偉大，可是光有夢想是不夠的，還要付出行動。所以我才會想說帶著小狗一起來尋找我理想的家啊。」

「那，找到了嗎？」媽媽輕聲地問。

一平點點頭說：「嗯，找到了。」

「是不是就在這裡？」媽媽問。

一平搖搖頭，說：「不是。」

「不是？」淑芬吃驚地說：「你不是一直想跟小狗住在白雲裡嗎？這裡不就是你理想的家嗎？」

「可是這裡沒有你們啊！」一平笑著說。

「我們？」淑芬喃喃地說。

「是啊！一個幸福的家最重要的是要有關心我的家人，就是你們。」一平抱起小狗，愉快地說：「走吧！我們回家了。」然後興奮地往車子跑過去。

「哇！小雲，你看，是新的休旅車，漂不漂亮？」一平躺在全新的座椅上，猛力吸著清新的皮革味道，「哇！我好幸福喔！小雲，我跟你說喔，電視廣告有演過，一個幸福的家庭就是要有一輛休旅車和一隻小狗，還有關心我的家人，現在我都有了，我真的好幸福喔！」

爸爸啟動車子：「好了，快坐好，把安全帶綁好，我們要回家了。」

「萬歲！小雲，我們要回家了。媽，我跟妳說，本來我還以為我要走路回家了呢！」

「走路回家？為什麼？」媽媽笑著說。

「因為我把錢都花光了啊！本來我是把錢都算得好好的，結果我發現我忘了算要回家的車錢。哈哈哈！」

「你喔！以後不准你這樣隨便亂跑，知道嗎？知道媽媽多擔心？」

「知道啦！不過我跟小雲約好了，長大以後要一起去流浪，一起去找尋我的理想。對不對？小雲？」一平抱著小雲又親又摟的。

車子在蜿蜒的山路行駛。

「小雲，你看那雲海，好漂亮喔！——姊，妳看！」一平回頭，

卻只見到淑芬滿臉的淚水。

「姊，妳怎麼哭了？」

「沒什麼。」淑芬搖搖頭。

「姊，妳一定是看到這樣美麗的雲海感動得掉眼淚，對不對？」

「嗯！」淑芬擦掉眼淚，笑一笑。

車子在蜿蜒的山路行駛，然後漸漸消失在白茫茫的雲霧中。

九歌少兒書房 224

# Love, Love, 雲的家

著者　黃顯庭
繪者　潔　子
責任編輯　施舜文
發行人　蔡文甫
出版發行　九歌出版社有限公司
台北市105八德路3段12巷57弄40號
電話／02-25776564・傳真／02-25789205
郵政劃撥／0112295-1
九歌文學網　www.chiuko.com.tw
印刷　晨捷印製股份有限公司
法律顧問　龍躍天律師・蕭雄淋律師・董安丹律師
初版　2012（民國101）年12月
定價　260元

書號　0170219
ISBN　978-957-444-858-6
（缺頁、破損或裝訂錯誤，請寄回本公司更換）

版權所有・翻印必究　Printed in Taiwan

國家圖書館出版品預行編目資料

Love, Love, 雲的家 / 黃顯庭著; 潔 子圖 .
--初版.--臺北市 : 九歌, 民101.12
面 ; 公分. -- (九歌少兒書房 ; 224)
ISBN 978-957-444-858-6(平裝)

859.6 101022154